COLL

Jules Supervielle

Le voleur
d'enfants

Gallimard

PREMIÈRE PARTIE

I

Antoine a sept ans, peut-être huit. Il sort d'un
grand magasin, entièrement habillé de neuf,
comme pour affronter une vie nouvelle. Mais
pour l'instant, il est encore un enfant qui donne
la main à sa bonne, boulevard Haussmann.

Il n'est pas grand et ne voit devant lui que des
jambes d'hommes et des jupes très affairées.
Sur la chaussée, des centaines de roues qui
tournent ou s'arrêtent aux pieds d'un agent âpre
comme un rocher.

Avant de traverser la rue du Havre, l'enfant
remarque, à un kiosque de journaux, un énorme
pied de footballeur qui lance le ballon dans des
« buts » inconnus. Pendant qu'il regarde fixement la page de l'illustré Antoine a l'impression
qu'on le sépare violemment de sa bonne. Cette
grosse main à bague noire et or qui lui frôla
l'oreille?

L'enfant est entraîné dans un remous de passants. Une jupe violette, un pantalon à raies, une

soutane, des jambes crottées de terrassier, et par terre une boue déchirée par des milliers de pieds. C'est tout ce qu'il voit. Amputé de sa bonne, il se sent rougir. Colère d'avoir à reconnaître son impuissance dans la foule, fierté refoulée d'habitude et qui lui saute au visage? Il lève la tête. Des visages indifférents ou tragiques. De rares paroles entendues n'ayant aucun rapport avec celles des passants qui suivent : voilà d'où vient la nostalgie de la rue. Au milieu du bruit, l'enfant croit entendre le lugubre appel de sa bonne : « Antoine! » La voix lui arrive déchiquetée comme par d'invisibles ronces. Elle semble venir de derrière lui. Il rebrousse chemin mais ne répond pas. Et toujours le bruit confus de la rue, ce bruit qui cherche en vain son unité parmi des milliers d'aspirations différentes. Antoine trouve humiliant d'avoir perdu sa bonne et ne veut pas que les passants s'en aperçoivent. Il saura bien la retrouver tout seul. Il marche maintenant du côté de la rue de Provence, gardant dans sa paume le souvenir de la pression d'une main chère et rugueuse dont les aspérités semblaient faites pour mieux tenir les doigts légers d'un enfant.

Il y a bien déjà cinq minutes qu'il est seul avec une espèce de honte ou d'angoisse, il ne saurait le dire. La nuit vient. Paris commence à se refermer sur Antoine. A sa droite il y a une horloge pneumatique. Si encore il avait pu y reconnaître l'heure, il se serait senti un peu moins seul. Cette face blanche à deux aiguilles s'obstine à lui rester méconnaissable, à poursuivre une idée à laquelle l'enfant doit demeurer étranger. Nul ne semble s'intéresser à son sort et il commence à y prendre goût. Il attend avec calme le moment où un monsieur, ou une dame, ou un terrassier, un facteur, un agent, ou un être encore mal défini qui tiendra de tout cela, et peut-être aussi un peu des autos et des pneumatiques et des chevaux qui passent, s'arrêtera devant lui pour dire :

— Que faites-vous là dans la rue, tout seul, avec ce costume neuf?

Mais rien. Les passants le croisent avec une indifférence telle qu'il a envie de leur crever les yeux.

Se retournant, il voit derrière lui un monsieur grand et doux dans sa gravité et qui le regarde avec une extraordinaire bonté. Antoine n'est pas du tout surpris de le voir. Depuis un moment, il croit bien l'avoir aperçu deux ou trois fois qui le regardait avidement mais à la dérobée, comme si cet inconnu était sur le point d'accomplir un acte qu'il jugeait très important, de lier sa vie à celle de l'enfant de quelque obscure façon.

Une lampe à arc éclaire maintenant l'homme en plein visage. Nous voyons qu'il porte une moustache mince, très noire et tombante, et quelque chose comme un regard en éventail de père de famille nombreuse.

Qu'est-ce que c'est que *ça* dans l'âme d'Antoine?

C'est le souvenir de sa bonne qui se prépare à quitter l'enfant et s'échappe. Antoine est harponné, attiré par une aventure à laquelle il lui paraît impossible de se soustraire et il n'est nullement surpris quand l'homme à moustache se plie en deux pour se mettre à son niveau :

— Antoine Charnelet, mon petit, dit l'étranger avec beaucoup d'émotion dans la voix, tu as donc perdu ta bonne? N'aie pas peur, je suis déjà ton ami et tu vas voir que tu me connais.

Ce grand monsieur a un léger accent.

— Veux-tu monter dans ma voiture?

C'est une magnifique limousine, si neuve qu'elle semble se trouver encore à la devanture d'un magasin des Champs-Élysées.

— Veux-tu venir chez moi en attendant qu'on retrouve ta bonne? — Et il regarde l'enfant avec un naturel et une simplicité si intenses qu'Antoine n'est pas étonné de sauter dans la voiture sans donner d'autre réponse. L'homme dit quelques mots d'une langue étrangère à son mécanicien, un nègre fort déférent.

A peine assis, Antoine songe aux jouets qu'un inconnu lui envoie régulièrement depuis un certain temps. Il s'agit de pièces véritablement magnifiques adressées sans la moindre indication d'expéditeur.

C'est, dans une boîte immense, une ferme de

l'Amérique du Sud, un troupeau de vaches déambulant dans la campagne. Elles hument un air qui n'est pas d'ici et se trouvent à Paris comme par mégarde. Ces eucalyptus, si vous les dressez sur le tapis, voilà qu'ils développent des distances autour d'eux.

Des gauchos galopent dans ces déserts imaginaires et lancent le lasso. Un cheval tombe, les pattes ensorcelées.

Une autre boîte contient des plantations de café. On voit passer des colons la pipe à la bouche parmi la grande chaleur du jour. Et dans leurs yeux se reflète la forêt vierge. Certains s'arrêtent un instant comme s'ils avaient oublié quelque chose. Justement un chien s'élance vers eux, un paquet à la bouche.

Mais nous approchons des caféiers. Les voici en lignes droites et profondes à l'infini. Comment pénétrer là-dedans ? Faites comme ces colons.

Il y a aussi une boîte de cigares. Sur une bague vous lisez : Rio. Il vous suffit d'approcher une allumette de la pointe pour que bientôt apparaissent la baie dans toute sa splendeur, des navires à l'ancre, les montagnes des environs et au-dessus de la ville, le ciel impeccable.

Antoine qui, jusque-là, n'avait reçu que de pauvres cadeaux de sa bonne, fut bouleversé par l'arrivée de ces présents.

Chez lui, on émettait derrière son dos, à voix

haute et à voix basse, toutes sortes de supposi-
tions. Qui les avait envoyés?

Au moment où il pense aux cigares encore
intacts, Antoine reconnaît au doigt de son voisin
la bague noire et or de l'homme qui lui a paru
le séparer de Rose. Va-t-il crier par la portière?

— Continuons ainsi, continuons, c'est toujours
tout droit.

Antoine se trouve près de cet étranger dans
une telle zone de sérénité qu'il n'éprouve nul
effroi. Mais pourquoi l'a-t-on arraché à la main
de Rose?

Antoine reste confiant. Ce Monsieur sent bon.
(Une discrète odeur de propreté à laquelle se
mêle un parfum d'eau de Cologne.) Et il paraît
digne, digne, infiniment étoilé de dignité, comme
la nuit descendant sur la terre. Antoine sent qu'il
va vers un seuil de ténèbres au delà duquel il fait
clair.

— Tu te trouves bien ici, mon petit? Je veux
que tu sois heureux, dit l'homme en proie à un
trouble immense et gêné comme s'il venait de
révéler un secret.

Antoine tâte les boutons de sa vareuse, met les
mains dans les poches rêches de son costume
neuf.

L'auto s'arrête devant un immeuble du Square
Laborde. Il y a un ascenseur comme chez Antoine.
L'étranger le fait entrer avec précaution et entre
deux étages lui demande s'il va bien. Ils étaient

au palier du troisième lorsque Antoine lui dit qu'il allait très bien. Au bout d'un étage et demi de réflexion, l'étranger ajoute :

— Tu ne t'ennuieras pas chez moi, il y a d'autres enfants, ils t'attendent.

Au bruit de l'ascenseur, plusieurs enfants ouvrent la porte et sortent à la rencontre du colonel Philémon Bigua. Elles n'ont pas l'air malheureuses ces têtes à des hauteurs différentes. Le plus grand tient à la main un ballon de football. Tous regardent le nouveau venu avec une extrême curiosité, comme s'ils avaient bien des choses à lui apprendre. La mémoire d'Antoine fonctionne à plein rendement. Il croit l'entendre dans sa tête. L'oubli s'enfuit en tous sens comme pour ne plus revenir.

— Voici votre nouveau petit camarade, dit l'étranger.

On lui tend une main de quinze ans et deux autres qui sont plus petites que les siennes.

II

Le colonel Philémon Bigua présente Antoine
à sa femme le plus modestement du monde.

— Voici le petit Charnelet.

Desposoria est grasse et belle avec des yeux
toujours splendidement tournés vers son mari.
Les époux échangent un regard lourd d'honnêteté satisfaite.

Une nurse lave les mains et le visage de l'enfant devant ses nouveaux camarades qui ne le
quittent pas et le considèrent avec passion. Ils
ont compris d'où il venait et quel devait être son
trouble.

Cependant le colonel et sa femme se sont diri-
gés en chuchotant vers une chambre qu'Antoine
ne connaît pas encore. La toilette de l'enfant est
achevée. Un de ses camarades lui pince le bras,
un autre lui donne un charmant coup de pied
du bout de sa pantoufle rouge. Bientôt on se
met à table pour le dîner. Antoine trouve admirable d'avoir en face de lui, à sa hauteur, des

yeux qui ont à peu près l'âge des siens. Il n'avait jamais mangé qu'en compagnie de sa bonne, tendre mais généralement de profil et qu'il voyait toujours comme au fond d'une boule de verre avec son nom de fleur, Rose. Dans la même boule, mais de dos, il voit d'abord sa mère, un chapeau sur la tête, lui disant au revoir sans le regarder, alors qu'elle tient déjà le loquet de la porte. Puis, faisant de brèves apparitions : des amis de sa mère, une vieille dame, une jeune dame, un jeune homme rose et rasé, d'une politesse angélique et dont il ne saurait dire s'il porte une moustache. Et, depuis un mois, tous les huit jours, ces jouets qu'envoyait un inconnu.

Chez le colonel, Antoine trouve chaque objet surprenant. La nappe, les verres les regards neufs et propres qui brillent. Les plats sont beaux, les assiettes aussi sous la lumière douce. L'heure est importante, la table grande et toutes ces têtes *vivantes* disposées alentour Antoine observe ces bouchées qui pénètrent entre les lèvres et disparaissent définitivement. Sur la table, le pain, même les miettes, l'étonnent, et l'eau dans les grands verres comme une eau enchantée.

Il est assis à la droite du colonel qui lui découpe sa viande et la lui explique ainsi que le jus, la graisse, le pain tout ce qui est là et n'a pas besoin d'explication. Le colonel fait discrètement son éloge en refusant du vin, mangeant peu, offrant les meilleurs morceaux, beurrant des tartines, se privant de dessert. Mais après le repas, quelle est cette énorme tasse de café, trois fois plus grande que les autres et qu'il prend sans sucre en regardant Antoine fixement?

Bigua mène l'enfant au salon, fait signe à sa femme de se retirer, et après une petite pause (on a l'impression que son cœur, oppressé d'un grand trouble, pâlit dans sa poitrine) :

— Si vous voulez, Antoine, je vous ramènerai chez vous immédiatement.

L'enfant ne dit rien, sentant que cette question ne le regarde pas, que c'est là affaire de grandes personnes.

— Préférez-vous rester chez nous?

Antoine souligne d'un nouveau silence le silence de tout à l'heure.

— C'est bien, va t'amuser, et si jamais tu as envie de retourner chez toi, tu me le diras, je te ramènerai immédiatement.

L'enfant rejoint ses camarades dans la chambre de jeux. On le pousse vers le fond de la pièce.

— Où as-tu été volé? lui demande-t-on.

Antoine répond le plus simplement du monde :

— Devant les Galeries Lafayette.

— Ici nous avons tous été volés.

Le mot *volé* donne à Antoine envie de se fâcher, mais les autres enfants ne l'emploient qu'avec une nuance de respect comme on dit *noblesse* chez les nobles, ou *mes confrères de l'Académie* chez un académicien.

— Moi, dit Fred, j'ai été volé à Londres, un jour de brouillard.

— Moi aussi, dit son frère, nous nous donnions la main.

Antoine s'aperçoit alors qu'ils sont jumeaux et s'expriment avec un léger accent anglais.

— Et moi dans mon lit, dit le plus âgé des enfants.

— Ne restez pas là à ne rien faire, ordonne Desposoria entrant dans la pièce. Courez, amusez-vous un instant, puis vous irez vous coucher.

— Oui, maman, disent trois voix au son étrange de mensonge.

Les enfants se mettent à courir sans but devant Desposoria, et Antoine n'obtient pas d'autres renseignements sur ses camarades.

Il est couché par les soins du colonel et de sa femme qui ne veulent pas le confier ce soir-là à la nurse. L'homme sort de sa poche un centimètre et prend scrupuleusement les mesures d'Antoine qu'il dicte à Desposoria.

Le colonel palpe légèrement mais avec un peu d'inquiétude le corps de l'enfant comme pour s'assurer qu'aucune hernie, que nulle grosseur suspecte ne l'afflige. Il lui retourne doucement une des paupières, elle est bien rouge en dedans, l'enfant paraît vigoureux. Le colonel fait à sa femme un signe à peine perceptible de contentement. Antoine est couché, les deux têtes très étrangères se penchent sur son lit, le colonel lui tend la main, Desposoria l'embrasse avec tendresse et lui dit des choses douces dans une langue qu'il ne connaît pas.

Le colonel sort suivi de sa femme, curieuse, mais il l'arrête d'un geste et, avec beaucoup de mystère autour des lèvres :

— Non, mon amie, ce soir tu ne sauras rien, j'ai besoin d'être seul.

Puis :

— Tu ne m'en veux pas, dit-il en baisant sa femme au front comme il eût fait d'une fille aînée.

Desposoria se retire, paisible, avec son beau visage nu.

Le colonel fait chambre à part. Il a besoin d'étendue pour ses jambes et ses bras longs et pour ses idées qui ne tiennent pas en place.

Il s'assied profondément dans un fauteuil et se met à méditer :

— C'était un enfant abandonné dans un appartement chauffé et orné de glaces...

Il semble à Antoine que ces têtes, nouvelles dans sa vie, soient séparées de lui par un très long tunnel. Il s'endort dans des draps frais, mais son âme refuse encore de se coucher. Elle reste en marge du lit. Une heure après, elle le réveille, elle a peur d'être toute seule. Mais Antoine ne sait pas qui l'a tiré de son sommeil, ni même

exactement où il est. Il allonge le bras, croyant
trouver le mur de chez lui, le grain du papier de
sa chambre, et manque de tomber de son lit,
c'est le vide devant lui. Alors il entend distinctement la voix de son âme :

— Pourquoi as-tu accepté de suivre cet homme
dans la rue? Que fais-tu tout seul dans cet appartement habité par des gens que tu ne connais-
sais pas ce matin? Crois-tu avoir bien fait, Antoine
Charnelet?

Antoine voit entrer sa mère dans la chambre.
Elle le considère comme elle n'a jamais fait jusqu'alors, avec une attention fiévreuse, celle qu'on
réserve aux victimes d'un accident et dont le
visage saigne encore. Elle s'assied sur le bord
du lit, ses yeux émerveillés se tournent vers lui.
Elle garde le silence comme si elle avait complètement désappris de parler. Ses yeux sont si
profondément bleus qu'on n'en imagine pas de
semblables à une vivante et il semble que seules
des mortes très pures puissent en montrer de
pareils. Pour donner toute son importance à la
douceur de son visage, elle regarde son fils ou
ne lui livre que ses paupières. C'est une mère
nouvelle, modelée par des mains très savantes
et attentives à qui rien de maternel ne manque.
Elle est habillée d'un kimono gris enchanté où
se reflète parfois une étoile filante.

Elle croise les mains sur ses genoux comme

quand on n'a plus rien à se dire dans la chambre d'un malade et qu'il faut laisser faire la veilleuse.

La mère d'Antoine ne marque aucune surprise de le voir dans ce lieu inconnu. Elle a abandonné à son visage, à ses mains, à ses joues sensibles, à sa robe, au nœud de ses charmants souliers le soin de tout dire et de tout expliquer. Son chapeau qu'elle porte, malgré le kimono avec un naturel miraculeux, est muni d'un ornement, un voile sombre qui tombe sur les épaules. Mais voici qu'elle change de place, ouvre un panier qu'elle a caché jusque-là, en retire divers objets luisants et sans utilité apparente, avec lesquels elle se met à jouer. Elle le fait très sérieusement pendant de longues secondes, en fronçant les sourcils, comme si c'était là son gagne-pain. Puis elle tourne vers Antoine son visage où brillent six larmes immobiles, de cristal. Que lui veut cette mère dont la puissance de séduction semble se renouveler presque invisiblement sous ses propres yeux comme l'eau des cascades sur le fond sonore des forêts?

Antoine n'ose ouvrir la bouche. Les mots montent de son cœur à sa gorge et rebroussent chemin aussitôt.

La vision disparaît.

Il n'y a plus devant l'enfant que l'air de la nuit, l'air du Square Laborde, prisonnier dans la pièce. Par la fenêtre ouverte on voit les étoiles du quartier. Le cœur battant, Antoine veut s'habiller, aller vers sa mère pour savoir si elle pense autant à lui *qu'elle le prétend.*

Des secondes passent, l'enfant imagine maintenant que sa mère et Rose l'attendent à la porte de chez lui. L'une regarde d'un côté de la rue, l'autre pleure, et quand passe un taxi, longuement elles le suivent des yeux jusqu'à ce qu'on n'en distingue plus le numéro, ni la lanterne.

Avec quelle hâte l'enfant se met à s'habiller pour retourner chez lui! Il lui semblait bien que la personne du colonel, sa haute stature, n'étaient que de passage dans la vie d'Antoine Charnelet. Les souliers entrent difficilement et les chaussettes forment un bourrelet au talon. Mais comment lacer les souliers? Antoine reste en suspens, il revoit la tête du colonel. Pourquoi l'avait-on choisi, lui, dans la rue et que se proposait de faire cet intrus?

Antoine boutonne son pardessus avec soin sur des vêtements qui ferment mal. Où est son chapeau? Accroché à cette patère. C'est trop haut pour lui. Poussera-t-il un fauteuil pour monter dessus? Il a peur de faire du bruit; il n'a pas besoin de chapeau. Il se dirige vers la porte de sa chambre, puis il lui faut passer par celle de la nurse. Un léger grognement de l'Anglaise entre deux sommeils et Antoine se trouve au vestibule. Dans le noir, il lui semble qu'il marche sur ses lacets.

Le voici dans l'escalier, s'asseyant tour à tour

sur chacune des marches, il se laisse glisser peu
à peu vers le bas dans les ténèbres. La joie se
débat dans son cœur. Le voici, avec ses sept ans
et son pantalon, qu'il est obligé de maintenir,
devant la grande porte vitrée donnant sur le
square. Elle a des barreaux noirs, à peu près
comme chez la mère d'Antoine. Déjà l'enfant
voit la lumière grave de la rue, la lumière des
réverbères avec laquelle on ne badine pas.

— La porte, s'il vous plaît.

Il sort. Il lui faut rentrer chez lui. Antoine dit
confusément ses intentions à ses jambes en leur
demandant le secret. Comment aller du côté du
Parc Monceau ? Il interroge un homme qui pousse
sa canne avec précaution.

— Vous tombez mal, mon enfant, je suis aveugle.

Il s'adresse à un marchand de journaux qui le
met sur la voie. Il court de toutes ses forces,
comme s'il n'avait plus que cent mètres à faire.
Mais presque aussitôt, il lui semble que sa course
va durer jusqu'à son extrême vieillesse.

Il croit entendre sur son passage le chuchotis
des immeubles. Ceux-ci, voyant un enfant seul à
cette heure dans la rue, commentent ce passage
insolite.

Le voici enfin devant chez lui. La maison dresse
ses cinq étages. Aucune lumière ne filtre du troisième. Sa mère dort-elle donc ? Antoine est stu-
péfait de ne pas la voir au balcon ni en bas. Rose
non plus n'est pas là. On l'a donc complètement

oublié, une nuit pareille! La porte cochère, renfrognée dans son mutisme, ne fait aucune allusion à ce qui s'est passé. Elle examine Antoine sans le reconnaître, comme s'il avait énormément changé.

L'enfant regarde à terre, peut-être pour y chercher une décision. Et soudain, il découvre sur le trottoir sa tortue, une petite tortue qu'il élevait. Morte? Il la prend dans ses bras, elle vit; sa petite tête, ses pattes bougent. Tombée du balcon où il lui avait confectionné une niche? Partie à sa recherche? Elle n'a aucun mal.

Antoine est là, sa tortue à la main. Il la montrera à ses nouveaux camarades. Il s'en retourne à petits pas, puis, de plus en plus vite, au Square Laborde. Il ne rencontre sur sa route que les arbres des rues qui sont jusque dans les villes les signes et les jalons de la résignation universelle.

A travers un grand sommeil qui commence à rouler sourdement dans tout son corps, Antoine se demande comment il va rentrer sans clé chez son ravisseur. Le voici qui monte enfin l'escalier de tout à l'heure, après avoir appuyé sur le timbre de la minuterie. En attendant une heure plus favorable, il décide de s'asseoir sur le palier, le dos appuyé à la porte. Mais celle-ci s'entr'ouvre derrière lui au moment où s'éteint la lumière de l'escalier.

Non, ce n'est pas, derrière la porte, la haute stature du colonel, ni sa femme, ni personne.

Par une inconsciente précaution de l'enfant, la porte était restée entre-bâillée.

Voici Antoine et son sommeil chez le voleur. Ils traversent tous deux la chambre de miss qui dit d'une voix obscure venant de dessous les draps :

— Il faudra changer vos heures, mon petit. Il n'est pas naturel d'avoir ainsi à se lever au milieu de la nuit.

— Oh, c'était *exceptionnel,* répond l'enfant qui employait ce mot-là pour la première fois de sa vie.

Et il serra sa tortue sous son manteau qui lui paraissait cacher vraiment tout ce qu'il y avait d'exceptionnel au monde.

III

Cependant le colonel, dans la chambre voisine, ne dormait pas. Mais sa rêverie était trop aiguë pour qu'il pût entendre les bruits du dehors.

Il se revoyait rôdant un jour dans le Zoo de Londres. Il aimait les fauves et les éléphants qui sont d'énormes enfants revêtus de peaux très solides.

C'était un jour d'hiver, il venait de lire une pancarte qui l'avait laissé étrangement rêveur.

Lost children should be
applied for at the
Ladies Waiting room
by the Eastern Aviary
near the Clock Tower [1].

1. Pour les enfants perdus s'adresser à la Salle d'attente des Dames, chemin de la Volière (côté Est), près de la Tour de l'Horloge.

— Il y a donc des gens qui ont tant d'enfants qu'ils les égarent et il existe tout un service pour les recueillir et les leur rendre!

Soudain, il vit un couple de miséreux s'approcher d'un banc dans le brouillard. Ils regardaient de tous côtés. L'homme et la femme tenaient chacun un enfant par la main. On eût dit des jumeaux et qui pouvaient avoir quatre ans. Alors que les parents semblaient vêtus de loques et de trous, les petits étaient attifés avec une espèce d'élégance pathétique.

Le couple les assit sur un banc. La mère sortit d'une espèce de poche, qu'elle devait avoir sous sa jupe couleur de terre non labourable, deux bouchées de chocolat enveloppées de papier d'argent. Elle en donna une à chacun des enfants dans un geste si grave et passionné qu'on eût dit que ces bouchées devaient les nourrir toute leur vie.

— *Eat this and be quiet* [1].

Et les parents s'enfuirent d'un pas rapide dans le brouillard.

Bigua rôda longtemps alentour. Il lui sembla qu'il avait charge de ces enfants. Il était la seule personne qui eût vu ces miséreux abandonner les petits sur le banc. Mais comptaient-ils vraiment les abandonner?

Il se rappelait la pancarte.

---

1. Mangez ceci et soyez sages.

Lost children should be...

— Ce serait affreusement cruel, de rendre ces enfants à ces deux êtres. Et les retrouverait-on jamais? N'ont-ils pas été se jeter dans la Tamise?

Bigua tournait encore autour du banc. Le brouillard s'intensifia. Un des petits s'endormit. Alors le colonel n'hésita plus et les entraîna vers la sortie, laissant à gauche la Clock Tower. Sa haute pelisse et son grand air écartaient légèrement le brouillard à droite et à gauche. A l'hôtel, il découvrit dans la poche des enfants un papier portant les mots :

Be good to us. We are twin brothers and orphans, four years old, born in Staffordshire [1].

My name is Fred, disait un papier.

My name is Jack, disait l'autre.

Le soir même, Bigua rentrait à Paris avec sa femme et les jumeaux.

Le colonel se mit alors à penser à Joseph, le grand garçon de quinze ans que nous avons vu tout à l'heure dans le hall, un ballon de football à la main. Il avait été volé à Paris... Mais ce n'est pas encore le moment de parler de lui.

— Et de quatre! disait le colonel aux narines très apparentes. Lorsque je regarde ce bras nu (il était en train de se déshabiller), je suis bien

1. Soyez bons pour nous. Nous sommes jumeaux et orphelins, quatre ans, nés dans le Comté de Stafford.

obligé de reconnaître que c'est celui d'un voleur d'enfants!

Une loupe se trouvait sur son bureau.

— Si j'examine ce bras à la loupe, ne voilà-t-il pas aussi la peau et les poils d'un voleur d'enfants, et un nez de voleur grossi douze fois, dit-il en s'approchant de la glace qui surmontait la cheminée. Allons bonsoir, couchons-nous! Mais, tout d'abord, je vais m'assurer que le nouveau venu n'a besoin de rien, qu'il respire!

Il tourna le commutateur de la chambre voisine. Antoine venait de rentrer et feignait de dormir. Son souffle à peine perceptible soulevait délicatement les draps. Mais c'était assez pour rassurer un homme haletant, à 7.000 milles marins de sa patrie, les pieds nus sur un lourd tapis.

Avant de regagner sa chambre, le colonel plia machinalement les effets de l'enfant que celui-ci, au retour de sa fugue, avait jetés çà et là sur des meubles. Philémon Bigua ne s'étonna pas de ce désordre; il pensait à autre chose. Il ne vit pas que les souliers d'Antoine étaient couverts d'une boue toute fraîche et que son pardessus en était marqué, sur presque toute sa longueur.

Le jour suivant, Bigua se promenant au salon remarque quelque chose sur le tapis. C'est une tortue? Nul ne sait lui dire comment elle est là. Tortues, comment faites-vous pour pénétrer dans la demeure des hommes?

Antoine insiste pour qu'on lui donne la bête et l'obtient.

Longtemps le colonel se demande d'où vient ce reptile chélonien. Il sent que quelque chose d'étrange s'attache à son arrivée chez lui et qu'il y a là un mystère à favoriser et non à éclaircir. Plusieurs fois par jour il va vers la bête dans le plus grand secret, la prend dans ses mains, la tourne et la retourne, examinant de tout près les pattes, la petite tête, la rugueuse carapace. Il veut la placer sur le balcon mais Antoine le supplie si violemment qu'il la laisse dans la chambre de l'enfant.

Le soir, Antoine met la tortue dans son lit. Il ne parvient pas à s'endormir. Dans la chambre voisine il entend les pas de l'austère et vigoureux étranger qui s'est avancé vers lui dans la rue, les oreilles dressées, pour le ravir. En ce moment, Bigua tousse, non qu'il soit enrhumé, mais pour faire savoir une fois de plus à l'enfant qu'il est toujours là près de lui, avec sa gorge et son arrière-gorge véritables.

Péniblement Antoine s'endort. Il se réveille bientôt en proie à un mauvais rêve : il a vu sa mère lui tendre ses bras purs, mais ses mains, sa bague étaient celles de Philémon Bigua.

Antoine saute hors de son cauchemar. Il va se réfugier en chemise dans les bras de la réalité, au fond de la chambre du colonel. Celui-ci l'embrasse, le calme, le couche, le fait boire. Antoine regarde les mains de son ravisseur, ces mains de famille différente nées sous des cieux très éloignés et longtemps nourries par des vaches sauvages.

— Veux-tu que je te ramène chez toi tout de suite?

— Non.

— Demain matin?

— Jamais.

Bigua étreint Antoine dans ses bras, avec une vigueur et une gratitude qui répugnent à l'enfant.

IV

Une jeune femme dans une chambre. Elle vient de rentrer. Il est huit heures à sa petite montre-bracelet en émail bleu foncé. A son air on voit qu'elle ne sait rien encore. Elle enlève son chapeau. Nous nous demandons qui elle est et d'où elle vient. Elle est là comme sur un écran quand le film est à moitié tourné et qu'on vient seulement de pénétrer dans la salle où il fait si noir. Mais l'image, devant nous, est déjà au présent de l'indicatif.

Que nous veut cette femme? Une seule chose est sûre : elle est belle et inquiète, dans cette chambre éclairée d'une lumière assez dure. Petite, plutôt blonde, avec de longs yeux luisants et distraits qui voudraient se poser sur plusieurs objets à la fois. Elle se dirige vers son secrétaire et écrit à la hâte sur des cartes de visite.

Elle pense tout d'un coup à quelque chose et s'arrête. Il s'agit de son enfant. Cette pensée est venue la visiter du dehors. (Elle n'est pas amenée par le flux des idées précédentes.) Tandis qu'elle ouvre et ferme nerveusement son buvard nous lisons dans un coin : *Hélène,* en petites capitales d'argent.

Une longue rêverie l'entraîne, à toutes les brises de sa pensée. Pourtant, elle réussit à écrire rapidement sur les enveloppes les noms de trois invités, deux dames et un monsieur.

Il y a deux lettres pour le seizième arrondissement, une pour le quatrième, voilà qui est clair, pense-t-elle avec une lucidité de commande. Derrière elle, sur la cheminée, une photographie de son mari. C'est le portrait d'un mort : sourire qui n'est pas dupe, yeux soupçonneux, front figé. Partout où va la veuve dans la pièce, le défunt la suit de son froid regard de papier. Ce menton énergique n'a pas dû se séparer de la vie sans quelques difficultés. C'est le père de l'enfant, encadré dans son rôle d'observateur inutile, il émerge au-dessus de la terre des morts comme l'œil d'un périscope qui tient absolument à voir ce qui se passe à la surface.

Il tend, aux caresses et aux coups d'un monde quitté, ses joues collées sur carton, et qui sont toujours à la température de la chambre. Il est mort en pleine santé d'un accident de chemin de fer et semble objecter jour et nuit que c'est injuste, qu'il n'a pas son content de vie, que, naguère, il était autoritaire et jaloux. Près de la photographie un bouquet de violettes artificielles

dans un joli vase funéraire semble chargé de subvenir aux menus besoins du mort. Ce bouquet
a pleins pouvoirs et s'occupe jour et nuit à un
sourd travail d'enveloppement, d'apaisements,
d'anesthésie.

Hélène s'est levée, donnant de nouveaux signes
de nervosité. Elle va et vient dans la chambre.
On l'entend dire à haute voix :

— Ces invitations! je n'en sortirai pas. Qu'ai-je
donc aujourd'hui? Il est pourtant simple d'écrire
six enveloppes et six cartes de visite. C'est une
petite chose dans la vie.

Voici Rose qui entre. Elle lève les bras, se jette
aux genoux de sa maîtresse.

— Mais parlez donc!

— Je le tenais par la main et fort. Madame peut
me croire. C'était au sortir des Galeries. Tout
d'un coup quelqu'un ou quelque chose passe
dans la foule. Antoine veut voir. Et voilà qu'il
est séparé de moi! D'abord, je pensais le retrouver tout de suite. Je criais son nom dans la foule.
Des gens se retournèrent : j'eus si honte du son
horrible de ma voix que je me tus. Et il me sembla que je le retrouverais plus facilement toute
seule.

Il y eut un instant de silence où les mots qu'elle
venait de prononcer repassèrent devant les deux
femmes lentement, à une allure de corbillard.

— Rose, Rose, Rose, dit Hélène dont la voix
sans appuis changea trois fois de timbre.

— Je ne l'ai pas égaré, madame. C'est plutôt comme si on me l'avait volé. Pourtant, j'aurais dû l'entendre crier. Comment ne m'a-t-il pas appelée?

Rose parut se calmer : elle venait de penser aux jouets merveilleux qu'Antoine avait reçus récemment d'une personne inconnue et se disait :

— Ces jouets sont certainement dans le secret. Pourquoi n'y ai-je pas pensé jusqu'ici? Ils connaissent toute l'histoire, du commencement à la fin.

Les regards de Rose et d'Hélène se rencontrent et se séparent. Hélène a pensé aussi à ces jouets. Rose se dit qu'ils ont été donnés à l'enfant par ce Danois qui doit être l'ami de Madame ou le sera un jour prochain. Celui-ci estimait sans doute profitable à ses projets de faire au fils d'Hélène des cadeaux, anonymes par délicatesse, mais dont chacun s'imaginait qu'il était le donateur.

La bonne reprochait cet homme à sa maîtresse. Il lui apparaissait, au bout d'un an de veuvage seulement, comme un luxe inutile, alors qu'il y a tant de pauvres et de mutilés dans la rue! Elle se rappelait les étranges conditions où ces jouets avaient été reçus. Aucune carte. Nul nom d'expéditeur. Ces simples mots d'une écriture déguisée :

« Pour le petit Antoinne » *(sic)*.

Hélène avait fait une très légère allusion aux

jouets devant son ami qui avait rougi. Parce qu'il y était pour quelque chose. Ou au contraire...

Hélène et Rose sont là, l'une en face de l'autre, se cachant visiblement leurs pensées, les mains derrière le dos et les yeux baissés, avec leur corps de femme si inquiet et si nu sous les vêtements comme s'il était entièrement exposé à la froidure de l'univers.

— Laissez-moi seule, dit Hélène.

Dans un tiroir de son bureau qui fermait mal et dont elle oubliait souvent d'emporter la clé se trouvaient les lettres de Cristiansen, cet homme long et rose et mélancolique, qu'elle avait fini par prendre pour amant parce qu'il avait toujours l'air, quand il se penchait sur sa danseuse, d'une plante qui réclame un tuteur.

Que lui importait maintenant cette aventure où elle s'était laissée aller et ce Nordique dont elle avait failli faire son mari par inadvertance? Elle déchirait des lettres et les jetait dans la corbeille. Cette expression de *lettres d'amour* lui paraissait en ce moment si sotte, si vide, qu'elle ne put s'empêcher de sourire, mais elle se ressaisit et prononça à mi-voix le nom de son fils : Antoine! Antoine!

Cet enfant qu'elle connaissait si mal et qui lui ressemblait extraordinairement (elle y pensait maintenant et si elle ne l'avait pas aimé davantage, peut-être était-ce en raison de cette ressemblance même), cet enfant, si inquiet de tout ce qui se passait et qui semblait toujours attendre un changement dans sa vie, « ah! c'est un peu de moi en vacances et qui s'en est allé courir le monde. Mais le temps passe et je ne fais rien. Je me suis contentée d'avertir la Préfecture! Je ne me rends donc pas compte de ce qui est arrivé! Mon enfant a disparu! Antoine a disparu! Faut-il que je le crie à tue-tête pour en être persuadée! »

Il lui semble qu'une autre mère téléphonerait en ce moment à tout Paris, susciterait dans tous les arrondissements, au bout du fil, des spectres de l'espérance. Mais elle ne pouvait se décider à téléphoner. Elle était entraînée au fond de son âme par un vêtement de plomb et ne restait en communication avec la surface que par un étroit cordon d'angoisse.

Pourquoi Rose, ah! pourquoi a-t-elle dit tout à l'heure que quelqu'un ou *quelque chose* l'avait séparée de l'enfant? Que signifie ce neutre? Il y a dans cette disparition de bien étranges circonstances. Antoine n'a pas crié, la bonne n'a pu le retrouver! Pourquoi n'est-il pas rentré à la maison? Il est trop intelligent pour ne pas avoir eu l'idée de donner son nom à un agent et se faire ramener chez lui.

Elle se sent fiévreuse et presque insensible sous l'horreur de l'événement. Soudain, elle pense à son mari défunt avec effroi. Parmi tous les passants de la rue, combien de morts circulent que

nul ne reconnaît et qui ne saluent personne?
Mais que ferait un fantôme d'un vivant qu'il
chérit, d'un enfant de sept ans? L'hypothèse est
absurde. Hélène répète mentalement : absurde,
absurde, comme si elle espérait ainsi la rendre
plus absurde encore.

Cependant, Rose, dans la chambre d'Antoine,
se penche sur les merveilleux jouets. Elle pense : il
serait bon de les envoyer à la police, on découvri-
rait peut-être une piste. Mais pourquoi Madame
ne m'en parle-t-elle pas?

Hélène entre à l'improviste. Comme prise en
faute auprès des jouets, Rose se dresse.

Hélène pense à bien autre chose. Et voilà
qu'elle prend les mains de la bonne, ce qu'elle
n'avait jamais fait jusque-là.

— Croyez-vous aux fantômes, Rose, ma pauvre
Rose?

— Madame devrait prendre un peu de tilleul
et aller se coucher.

— Croyez-vous aux fantômes, Rose?

— Oh! oui, Madame.

— Est-ce pour cela que vous avez dit tout à
l'heure que quelqu'un ou quelque chose vous
avait arraché l'enfant?

— Il se peut, Madame, que ce soit pour cela.

Hélène se dit qu'on ne comprend souvent que
quelque temps après le sens exact et profond de
ce qu'on a dit.

Un grand silence se fait. Rose sort de la pièce

pour aller à l'office. En passant devant la chambre vide de sa maîtresse elle voit de la lumière et tourne le commutateur.

Quelques secondes après, Antoine se présente devant chez lui et lève en vain les yeux vers la fenêtre obscure de la chambre maternelle.

A onze heures du soir, on téléphone de la Préfecture que « l'hypothèse d'un accident semble devoir être écartée. On n'en a pas signalé depuis six heures ».

Toute la nuit, dans un cauchemar éperdu, Rose voit Antoine errer sur les toits de Paris. Il les explore avec le plus grand soin, à la main une lanterne gémissante. Il marche sur les gouttières. Maintenant il est poursuivi par un animal gris dont la bonne ne parvient pas à préciser la forme. Même si elle s'en approche de tout près, elle ignore où il commence, où il finit et si elle a affaire à son museau ou à sa queue. Il a le poil hérissé et dur, c'est tout ce qu'elle sait. Quand il faut traverser une rue, elle se demande comment l'enfant va s'y prendre. Et elle crie : « Reste sur les toits! Antoine, je t'en supplie, ne traverse pas sans moi, j'arrive tout de suite! »

Mais toujours l'enfant s'élance. Et toujours il est sur le point de tomber sur le pavé lorsque, à un mètre du sol, il repart en l'air et gagne la maison d'en face. Il vole? Ce sont plutôt les gestes du nageur écartant bras et jambes et l'enfant ruisselant de nuit monte sur le toit, au moyen d'une simple traction, comme dans une barque soulevée par la vague.

La bête aux griffes innombrables l'atteint d'un bond au moment où Rose crie : « Ne lambine pas, Antoine, ne lambine pas ainsi, tu ne vois pas que c'est très grave! »

Rose effarée se réveille et s'assied sur son lit jusqu'à ce que l'aube tâtonnante refasse peu à peu la lumière du jour.

Cependant Hélène ne dort pas. Pourquoi l'enfant n'est-il pas rentré? Il n'est peut-être pas content de la façon dont on le traite. A quoi se réduisent les rapports de sa mère avec lui? Un baiser le matin dans sa chambre à elle et un autre le soir dans sa chambre à lui. N'en est-il pas ainsi de bien des mères dans les quartiers de la Porte Dauphine et de la Plaine Monceau? Rose adorait l'enfant, Hélène ne pouvait le confier à quelqu'un de plus sûr. Ah! qu'il revienne! qu'il se hâte!

Tout en discutant, en se débattant avec elle-même, elle feint de dormir. Mais son âme continue à gesticuler dans la torpeur du corps.

Une très vive douleur cardiaque la tire de son demi-sommeil. Il lui semble qu'elle va mourir si elle bouge. Le docteur lui a recommandé de beaucoup se ménager.

— *Me ménager?*

Ces mots ont une étrange couleur au milieu de la nuit.

Le lendemain matin, à huit heures, on apportait à Hélène un *pneu,* écrit à la machine :

— Que nul ne s'inquiète! J'ai recueilli Antoinne *(sic)*. Il est parfaitement heureux et entouré de toutes sortes de commodités. Si jamais il manifeste le désir de rentrer chez sa mère, je le ramènerai *moi-même.*

Les deux derniers mots soulignés. Pas de signature.

— L'enfant vit! l'enfant vit! dit Hélène et peut-être sera-t-il de retour d'un moment à l'autre.

Mais son cœur n'est-il donc pas averti qu'il bat encore si douloureusement. Que les nouvelles sont longues à pénétrer dans l'opacité de notre chair!

A la vue de la carte pneumatique, la crainte du fantôme de son mari s'est évanouie chez Hélène. Elle se retourne vers le portrait du défunt et le trouve « tout ce qu'il y a de plus normal pour un portrait de mort ».

Hélène, faiblissante, s'allonge tout habillée sur son lit et s'adresse à l'enfant, comme si entre elle et lui il n'y avait pas de murs, de visages, des espaces inconnus. Comme si elle n'était séparée de lui que par quelques centimètres d'air familier et familial. Elle se met à lui poser des questions qu'elle a entendu faire à Rose. Pour la circonstance, elle prend même sans le savoir l'accent de sa bonne.

— As-tu fait tes dents hier avant de t'endormir? Et tes jambes?

Elle est décidée à ce que son fils bénéficie d'un amour constant et unique, elle ne veut plus penser à autre chose. Elle ne sortira plus jamais sans Antoine, ne le couchera pas sans le border soigneusement, le fera manger elle-même (alors que l'enfant se servait déjà fort bien du couteau et de la fourchette, depuis longtemps). Elle aurait voulu lui apprendre à lire tout de suite, à distance. Le matin, quand elle fait sa toilette, elle lui réserve un peu d'eau chaude, le savonne, le frotte avec soin, puis tout d'un coup, sa chemise ouverte laissant voir un sein très attristé, elle se met à pleurer à chaudes larmes. Et tout de suite, elle s'en veut. L'enfant vit! L'enfant vit! et elle repart avec Rose à la recherche de son fils.

Doit-elle montrer le *pneu* à la Préfecture de Police? Et les jouets mystérieux, faut-il en parler? Pauvre mère, il vous faut pourtant prendre une décision! Elle préfère s'abstenir, craignant que les policiers ne se mettent à chercher Antoine avec leurs grosses mains sales et leurs yeux habitués aux plus grossiers spectacles. Elle remet sa décision au lendemain, espérant toujours que son fils lui reviendra de lui-même, une petite canne à la main parce qu'il rentre d'une fugue.

Elle ne peut regarder la photographie d'Antoine tant elle est pleine de remords de l'avoir laissé si longtemps sans le mener chez le photographe. C'est là un enfant de quatre ans ne ressemblant plus guère à l'actuel, à celui qu'elle désire par-dessus tout puisqu'il est vivant, quelque part dans Paris, avec ce visage, ce front et ces mains et ces petits genoux un peu carrés, visibles au-dessus des chaussettes de laine. Ah! c'est encore une idée de mort qui s'attache à un tel amour d'une photographie! Remettons la photo à sa place. Elle va vers l'armoire et la referme avec horreur. Que de choses lui sont prohibées! A chaque instant surgissent de nouvelles interdictions. Des pancartes avec : Défense de..., il est absolument interdit de..., on est expressément prié de..., de ne jamais, jamais...!

Entre les mains de qui est Antoine? Quel était l'étranger qui avait appuyé sa paume sur la carte pneumatique et s'accoudait à l'instant à sa table pour mieux regarder manger l'enfant? Manger! Mais lui donnait-on à manger?

Hélène se refuse de plus en plus à se nourrir comme si l'enfant allait être privé de ce qu'elle prendrait. Et pour qu'il dorme, il faut absolument qu'elle veille, qu'elle veille, qu'elle veille!

V

— Autour de moi, dans des chambres différentes, l'avenir couche dans de petits lits, se disait
Bigua qui s'était couché de bonne heure, le lendemain du rapt. Les enfants grandissent dans leur
sommeil. Savez-vous ce que cela veut dire? Les
enfants de Londres grandissent et celui du Parc
Monceau, et l'enfant du quartier Mouffetard.
Ces os qui ne se trouvaient pas assez longs pour le
monde et qui s'allongent dans le sommeil! Ces
cellules qui se multiplient! Et si je les prends
paternellement dans mes bras, les voilà qui conti-
nuent à grandir sous mon étreinte! Phénomènes
de croissance, que vous êtes troublants! Des
enfants que j'ai arrêtés dans la rue pour en faire
mes enfants! Ah! vous aviez l'air d'oublier l'existence du colonel Philémon Bigua et que parmi
beaucoup d'indifférents il y a dans la rue des
passants *importants* qui peuvent tout d'un coup
sauter à pieds joints dans votre vie! Vous alliez
dans cette direction, mes petits amis, c'était fort

bien, c'était votre droit jusqu'à ce que, jusqu'au moment où... Par ici les petits! C'est au Square Laborde, nous y voilà, attention, fermez soigneusement la porte de l'ascenseur! Il ne s'agit pas de changer les dominos de boîte, mais de s'introduire comme Dieu dans une destinée!

Le colonel se leva à cinq heures et, le poncho sur le pyjama, se fit bouillir un peu d'eau sur une lampe à alcool. Dès qu'il eut absorbé quelques matés, il se dirigea vers un paravent en peau de cheval qui dissimulait sa machine à coudre et sa guitare.

Il plaça la machine au milieu de la chambre et se mit à coudre une pièce d'étoffe bleue qui devait devenir peu à peu le costume du petit Antoine.

Ainsi avait-il fait pour *ses* autres enfants. Dans le fond de son cœur il regrettait que le dernier venu lui fût arrivé avec un costume neuf, ce qui diminuait l'importance du travail qu'il accomplissait avec tant d'amour.

Nul ne cousait mieux que le colonel, à l'aiguille ou à la machine, trop heureux s'il se piquait le doigt jusqu'au sang en service commandé, pour le bien de ses enfants. Quel plaisir n'éprouvait-il pas à loger, couvrir, nourrir ces êtres pris au brouhaha de la rue!

La stérilité volontaire de tant de ménages français le révoltait. Ce Paris sans enfants, songeait-il, tout en cousant, a le visage impur. On trouve dans les rues tant et tant de grandes personnes qu'on serait de moins en moins surpris de voir dans les berceaux de l'avenue du Bois des quinquagénaires, l'œil vilain et soucieux, leurs idées habituelles faites rides. Rencontrez-vous un enfant dans la rue, douze personnes sont autour pour savoir s'il est vivant!

Il trouvait mortifiant qu'un homme comme lui n'eût pas d'enfant.

— Nous sommes pourtant jeunes!

— Essayons autrement, mon ami, disait Desposoria résignée.

Honteuse de sa stérilité, elle se confinait dans une humilité silencieuse.

Il ne venait pas à l'esprit de Bigua qu'elle pût regarder un autre homme avec plaisir.

— Quand elle dit de quelqu'un : Il est beau, ou il a des yeux superbes, cela ne l'émeut pas du tout. Elle sait seulement que si les yeux sont ainsi faits il faut bien qu'ils soient superbes!

Longtemps le colonel, fort intimidé par les femmes, n'avait osé en demander aucune en mariage ni autrement. Mais que de fois n'avait-il pas imaginé, lui, le timide, qu'il se rendait chez une mère de famille et lui disait avec naturel :

— Madame, ma démarche vous semblera peutêtre un peu osée, mais je voudrais avoir des enfants et c'est ma grande excuse. J'avais pensé à votre fille, sans que cela tire à conséquence, bien entendu. Comprenons-nous bien : Ce que je veux, ce n'est pas du tout déshonorer (ce qui serait infâme) votre fille qui est charmante, bien élevée et qui pourra épouser un jour un parfait galant homme. Je tiens simplement à avoir un enfant, il ne s'agit que de cela.

Depuis trois heures qu'il y travaillait, le costume d'Antoine était singulièrement avancé.

Le colonel en faisait la constatation quand il entendit l'agréable gazouillis de ses enfants derrière la porte de sa chambre. La nurse les groupait et leur faisait mille recommandations comme s'ils allaient lui souhaiter la bonne année.

— Allons, dit Philémon, chassons tous ces souvenirs! De l'ordre sur ce visage! Ma logique, ma raison, ma douceur, ma sincérité, rassemblement! Rassurons d'un regard le dernier venu de ces petits et le plus extraordinaire. Et que tout lui semble naturel, plus splendidement naturel que s'il était chez lui! Et que je sois normal comme le père-type quand il prend dans ses bras véridiques celui de ses enfants qui lui ressemble le plus!

VI

Le colonel ne se croyait pas autorisé à inter-
dire sa porte à Antoine, Fred et Jack. La nuit, il
ne dormait que la tête tournée du côté de leurs
chambres et disposée à tous les sacrifices. Les
enfants aimaient à surgir à l'improviste pour sur-
prendre un de ses gestes, voir comment il prenait
l'argent dans son portefeuille et le posait sur une
facture, comment il réfléchissait, travaillait, ou ne
faisait rien.

— Tiens! il va fumer un cigare, pensaient-ils.
Le voilà qui se lève. Non, ce sera une cigarette.

Ils allaient lui offrir des cendriers, chacun d'eux
exigeant que le sien fût choisi.

— Tu ne fais presque pas de fumée aujourd'hui.

Comme pris en défaut, Bigua émettait alors une
fumée beaucoup plus abondante.

Parfois, quand il lisait, les enfants, cachés dans
un coin, l'épiaient dans le plus grand silence :

— Que va faire de nous cet homme qui est à
deux mètres de notre cachette et qui feint de lire
la même page depuis une demi-heure?

Un jour, Antoine épela les titres de quelques dossiers sur sa table : « Enfants Martyrs, Enfants Très Malheureux », et aussi d'études sociologiques, livres de médecine ou de guerre.

Pourquoi Bigua ne riait-il jamais? Même quand les enfants lui demandaient de le faire, son effort ne se traduisait que par une grimace désespérée ou par un petit râle funèbre. Savait-il même sourire? On ne remarquait aucune lumière sur ses lèvres, pas même une faible lueur, rien qu'une belle tendresse étonnée du regard.

Bigua pouvait rester des heures à fumer, à prendre du maté, le chalumeau d'argent à ses lèvres et sans se retourner une seule fois. Il ne lisait guère, ayant toujours une question à régler au fond de sa mémoire. Lui, un homme d'action autrefois, était devenu une étonnante machine à rêve comme ceux qui ont longtemps habité la mer ou les pampas : toujours l'horizon ou le mur de leur chambre a quelque confuse nouvelle à leur annoncer. Pleuvait-il, un jour qu'il méditait sur les raisons qui avaient poussé le président San Juan à le trahir, le mécontentement du colonel devenait une pluie interminable et tous ses souvenirs s'écoulaient pluvieusement autour de lui. Nul ne savait mieux que lui mêler son présent aux conditions atmosphériques, à la couleur du ciel, aux bruits de la rue, à ceux de son appartement.

Que pensait Antoine de cet homme qui, ayant

pris un enfant par la main parmi les passants du boulevard Haussmann, avait effacé en lui peu à peu le visage de sa mère, altéré les traits de sa bonne, sous les récits de voyages en mer et dans les plaines qui somnolent de l'autre côté de la mer? Antoine éprouvait de la sympathie pour son ravisseur, à cause de la tendresse et des mystérieux égards que le colonel témoignait à l'enfant et à ses camarades. Comme il aimait aussi ces objets exotiques qui les entouraient et dont chacun était un regard, un encouragement au caprice, un tournant de la géographie.

Et il parlait toujours d'un merveilleux voyage.

— Pour quand?

— Pour bientôt.

— Pour tout de suite, peut-être.

— Nous allons caresser le monde dans toute sa longueur.

Il les attirait et les tenait, même à distance, sous son charme et sa sorcellerie. Et il les effrayait un peu parfois quand on servait du gruyère et qu'il le mangeait avec la croûte. Pourquoi s'en prenait-il ainsi aux choses non comestibles et dures?

Bigua disait à sa femme, en parlant des enfants : « Notre aîné, notre cadet. » Un jour, d'une pièce voisine, ils entendirent le beau songeur :

— Te rappelles-tu, Desposoria, tes affreuses douleurs quand tu accouchas des jumeaux? Et cette garde qui n'arrivait pas! Et moi occupé à déballer le panier d'accouchement! Heureusement que tout s'est bien passé!

Desposoria souriait avec quelque inquiétude à la tranquille imposture de son mari.

— Oui, grâce à Dieu, pour les autres enfants cela se passa beaucoup mieux et au bout de dix jours tu étais levée et vaillante!

Bigua dit un jour à sa femme :

— Nous allons recevoir nos amis pour leur montrer Antoine.

— Mais, mon chéri, l'insouciance où tu vis de certains de tes actes, que j'admire mais qui sont punis par la loi, me paraît parfois effrayante. Tu vas et viens tranquillement, tu manges, bois, avec des enfants volés. *Que cachaza! Que pachorra* [1]! Et tu parles de recevoir nos amis et de leur présenter les enfants que nous avons *adoptés*. Ne vaudrait-il pas mieux quitter Paris? On te cherche certainement. Et si les petits te dénonçaient! Le danger est installé dans nos meubles.

— Oui, je mange, je dors à côté du danger et la nuit il me souffle dans le nez pour s'assurer de ma présence. Mais il ne m'effraie pas, c'est un enfant de plus dans la maison.

1 Quelle insouciance!

VII

Le colonel venait de recevoir des nouvelles de son pays. Le mécontentement grandissait contre le Président de la République. Des amis politiques écrivaient à Bigua qu'ils auraient peut-être besoin de sa présence mais qu'il fallait attendre le résultat des élections législatives. Celles-ci devaient avoir lieu quatre mois plus tard.

— Je ne partirai pas sans emmener une jeune fille de Paris. Entre toutes les filles de Paris me choisir ma fille! pensait-il. Que tous les pères et mères de Paris tremblent, si tant est qu'ils ont une fille de cet âge!

Et il allait seul, flairant à droite et à gauche, dans les vingt arrondissements. Il lui arrivait de se placer à quatre heures devant la porte d'un grand cours de jeunes filles, et de regarder.

— Ce sera la quatrième qui sortira.

Mais elles sortaient en larges groupes et il était difficile de savoir quelle était la quatrième.

Parfois, il suivait un pensionnat dans la rue, se disant :

— Ce sera celle-ci que je ne vois encore que de dos.

Et il hâtait le pas pour la dépasser. C'était une affreuse fillette ou une grosse petite bonne femme, ou bien un visage qui le laissait tout à fait indifférent.

Au music-hall, quand on annonçait une famille de trapézistes, Bigua pensait :

— C'est peut-être ma fille qui va entrer sur la scène.

Un jour, comme il partait en chasse, il lui sembla qu'il était suivi. Depuis quelques instants déjà il entendait des pas derrière lui. Il s'arrêta devant un magasin et le pas s'arrêta à quelques mètres. Il sentait qu'une aventure singulière se préparait irrémédiablement, à quelques pas. Sa nuque, qui en savait plus que son visage, s'inquiétait beaucoup.

— Je suis pris, pensa le colonel sans se retourner, Scotland-Yard ou Sûreté Générale? Ou tout autre chose de bien plus important?

— Monsieur, dit une voix derrière le colonel, une voix qui sentait le vin rouge dans un fût humain.

Le colonel ne se retourna pas tout d'abord. Il savait que sa vie entière pouvait être à la merci d'un seul mot prononcé par un inconnu.

— Monsieur, monsieur le colonel, dit la voix qui se rapprochait, implorait.

Le colonel se retourna complètement et fixa les yeux sur un homme grand, l'air un peu ivre, dégingandé. Des yeux bleus ou verts, on n'aurait su le dire (l'homme semblant trop pauvre pour pouvoir se permettre d'avoir les yeux d'une couleur bien définie), le visage rouge et comme frotté par le malheur. Il portait un pardessus ravagé par d'énormes boutonnières.

— Eh bien, dit le colonel d'une voix plutôt aimable. Qu'avez-vous à m'interpeller ainsi? Savez-vous à qui vous vous adressez?

— Excusez-moi, monsieur, mais c'est urgent. J'aurais besoin de vous parler tout de suite.

La misère ne laissait jamais le colonel indifférent.

— Si les pauvres savaient à quel point je suis sensible, ils pourraient me tirer jusqu'à ma dernière piastre.

L'individu s'approcha de Bigua, et subitement confidentiel :

— Ma femme est peu sérieuse, mon général. Mais moi, je ne suis pas un vagabond comme il y en a tant. Je m'appelle Herbin. J'ai un métier. Je suis prote.

— Qu'est-ce que c'est que ça?

— Correcteur d'imprimerie. Monsieur, je veux sauver ma fille, aidez-moi, je vous en supplie. Je n'ai pas toujours été alcoolique. Je faisais naguère encore mon travail régulièrement dans une grande imprimerie de la rive gauche.

— Mais, mon pauvre ami, que voulez-vous que je fasse pour vous? dit le colonel en hélant un taxi qui venait de passer juste à sa hauteur et semblait vouloir se mêler à cette histoire.

— Je vous sais bon, dit l'homme se rapprochant autant que le lui permettait son haleine qu'il savait avinée. Venez voir ma fille, emmenez-la, gardez-la. Vous avez déjà adopté des enfants.

— Comment savez-vous ça? dit Philémon, l'œil extrêmement fixe, les oreilles tendues, les narines dilatées.

— Je suis le cousin de M. Albert, votre concierge. On dit même que le jeune Antoine, votre dernier, vous ne l'avez pas tout à fait adopté.

— Qu'est-ce que cela veut dire? Que je ne l'ai pas tout à fait adopté! cria le colonel, si fort que des passants se retournèrent. Je ne renierai jamais aucun de mes actes et je n'ai peur de personne, tenez-vous-le pour dit!

— Oh! monsieur, reprit Herbin de sa voix plus sourde que jamais. Je ne suis pas venu vous faire de reproches. Bien au contraire, je voudrais vous confier ma fille, je ne peux pas mieux dire, il me semble. Sauvez-la, mon colonel, sauvez-moi cette adorable enfant! Oh! venez avec moi, tout de suite, ajouta-t-il dans son insistance d'ivrogne. Vous êtes riche, vous! Toutes les heures de la journée vous appartiennent. Venez chez moi! Ma femme est sortie justement, Dieu sait où elle est allée!

— Mais, mon pauvre ami, j'ai déjà trop d'enfants à la maison, dit le colonel feignant comme un maquignon de ne pas tenir du tout à l'offre qu'on lui faisait, tant l'homme, quel qu'il soit, use toujours plus ou moins des mêmes subterfuges.

— Venez voir ma fille, mon colonel. J'ai confiance en vous, vous me répondrez après, cela ne vous engage à rien.

Le chauffeur du taxi regardait les deux hommes, comme s'il eût voulu deviner le sujet de leur conversation par quelques bribes de phrases ou par des lueurs sur les visages. Soudain il arrêta son moteur. Ceci attira l'attention de Philémon Bigua dont la décision était déjà prise. Il prit la poignée de la portière.

— Monsieur, allons voir Mademoiselle votre fille.

— Une honnête fille, dit le prote en montant derrière le colonel. Mais si elle reste encore quelques jours chez moi elle est perdue.

Comme Herbin disait ces mots une grande partie de sa semelle abandonna son soulier que Bigua regardait à ce moment précis. D'un coup sec, le prote chassa l'objet sous la banquette.

— Je ne sais pourquoi, pensait l'Américain, j'ai pleine confiance dans cet alcoolique.

— Je savais, mon colonel, dit le prote mettant sa main pâle et enflée sur le genou de son voisin, je savais que vous ne refuseriez pas de m'accompagner. C'est qu'il s'agit ici de quelque chose de si important! Un père qui veut sauver sa fille et lui choisit un second père!

Le colonel commençait à ressentir un étrange bonheur. Quelle impression de déjà vu il éprouvait ou tout au moins de complètement pressenti, consenti. Tous ces mots que disait le prote, il pensait les lui souffler.

— Je sens que quelle que soit cette fille même si elle est couverte de croûtes et de pustules, je la ramènerai solennellement à la maison dans ce même taxi qui va nous attendre. Rien ne saurait m'arrêter maintenant. Cet homme, ce père n'est-il pas sorti d'une de mes côtes, tout habillé et puant le gros vin, pour me suivre dans la rue et me proposer de garder sa fille?

Bigua se tourna vers Herbin :

— Mais pourquoi dites-vous, mon ami, que mon intervention dans votre vie privée doit se faire immédiatement et que dans une heure il serait trop tard peut-être?

— Ah! monsieur, que vous dire? Comment vous expliquer? dit l'homme rouge, rougissant encore davantage. Ma femme sait que ma fille n'est plus une enfant!

— Mon cher ami, j'ai l'honneur de vous annoncer qu'avant même d'avoir vu votre fille, je l'adopte et vous fais majordome d'une de mes estancias!

— Mon colonel! mon cher colonel! dit l'homme

aux yeux plus brillants que jamais (ils semblaient venir du fond de la mer).

Le prote tendit ses deux mains vers Bigua, lequel n'en prit qu'une mais la serra sans restriction.

Le taxi roulait maintenant boulevard Saint-Germain. La situation de ces deux hommes dans la voiture devenait intolérable. Ils avaient montré trop de bons sentiments. Une telle générosité devient vite un sujet de gêne : cette lourde franchise les incommodait. Ils avaient besoin de descendre, de marcher, de refaire à leurs visages le masque millénaire de la dissimulation, ou du moins d'une certaine dissimulation, sans quoi on ne peut se regarder longtemps sans rougir l'un de l'autre. (Le visage, quand il est vraiment à nu, ne devient-il pas facilement obscène?)

Le colonel suivit Herbin dans l'escalier large et couvert d'un beau tapis qui étonna l'étranger : il avait cru se rendre dans un taudis. Le prote bavardait tout le temps d'une voix assez forte. Il y avait là un danger. Il faudrait tâcher de guérir ce père ivrogne ou tout au moins l'habiller proprement, le faire manger de gré ou de force pour combattre l'effet de tout cet alcool, durant des années. Mais c'était peut-être seulement l'état délabré de ses effets qui rendait cet homme bavard. Ses secrets semblaient s'échapper par ces immenses boutonnières, ces souliers qui fermaient mal.

Le prote sonna.

— Je n'habite pas ici, dit-il, et comment vou-driez-vous que j'y habite!

La bonne les fit entrer dans un salon discret, arrangé avec goût et dont rien n'indiquait que ce fût le salon d'une prostituée. Le colonel, un peu déçu malgré lui, cherchait-il un détail sca-breux ou même léger? Tout était gravement en ordre et semblait attendre qu'on ouvrît la porte toute grande à l'honnêteté.

Bigua vit entrer une toute jeune fille pâle et sen-sible, et tremblante, dont les yeux rappelaient ceux de son père mais transposés dans un domaine de pureté, de douceur, de surprise.

— Marcelle, dit le père. Voici le colonel Bigua dont je t'ai souvent parlé et qui veut bien t'adopter.

Le colonel s'inclina comme il eût fait devant la femme d'un général.

— Prépare-toi vite avant que ta mère soit ren-trée.

— Oh! que j'aime ça! songeait le colonel. Tout ça, le père ivrogne, l'enfant, la mère, moi, si utile! La mère qui pourrait entrer un revolver à la main. Et moi qui serais encore là! Et ce petit salon si discret. Et le tout, boulevard Saint-Germain, à cinquante mètres de la Seine, fleuve illustre! Est-il rien de plus beau au monde?

Ils descendirent sur le boulevard et l'Américain fit signe à l'enfant de monter dans le taxi. Il prit le prote à part :

— Mon ami, il faut vous laisser faire et m'obéir aveuglément.

— Oui, mon colonel.

— Vous allez me suivre, venez.

Le colonel donna à voix basse une adresse au chauffeur. Le père voulut faire asseoir Marcelle à côté de Bigua, mais celui-ci désigna à l'enfant le strapontin et pria Herbin de s'asseoir près de lui. Le visage du colonel marquait : gravité absolue, aucune probabilité de changement pour l'instant.

Un sourire très fin qui trempait dans l'alcool errait sur les lèvres du prote.

L'enfant regardait par les vitres, se demandant ce qu'elle allait être pour cet étranger si bien habillé.

Le taxi roulait depuis un bon quart d'heure parmi les grises maisons de Paris. Il avait traversé les Champs-Élysées, la place et le pont de l'Alma, le boulevard de Grenelle. Soudain, alors que la voiture était encore en pleine vitesse, le colonel frappa à la vitre et fit signe au chauffeur d'arrêter immédiatement.

Il descendit et pria le prote de le suivre.

— Dites au revoir à votre fille. Vous ne la reverrez pas d'ici quelques semaines au moins.

— Je vous demande la permission de l'embrasser, dit le prote.

— Mais, naturellement!

Le père baisa le front de sa fille, mais celle-ci,

lui jetant les bras autour du cou, le saisit violemment.

— Je veux aller avec toi, lui dit-elle à l'oreille.

— Mon petit, sois raisonnable, supplia le prote
à voix basse.

— Ne me quitte pas, je veux aller avec toi, répéta
Marcelle dans ses larmes.

Le prote continuait de sourire à l'enfant.

— Non, reste, reste ici, ma mignonne, dit-il
en lui pinçant fortement le bras.

Marcelle poussa un cri et se tut, le visage
immobile, les larmes figées.

Le colonel se demanda pourquoi l'enfant avait
crié.

— Allons, au revoir, mon enfant, dit le père
d'une voix caressante. Sois sage, tu as maintenant un nouveau père, celui que j'aurais voulu
être.

Mais il se hâta, sentant derrière lui, debout,
l'énorme impatience du colonel.

— Puis-je savoir où vous me menez?

— Monsieur, je veux faire pour vous tout autant
que pour votre fille, vous rendre parfaitement
digne d'elle. Nous allons dans un sanatorium
d'alcooliques. En quelques semaines vous gué-
rirez. Commencez donc, monsieur, je vous en
prie, par vous débarrasser de tout l'alcool que
vous pourriez avoir dans vos poches et jetez-le-
moi dans le ruisseau.

— Mais je n'ai absolument rien.

Et au bout d'un instant, l'homme poursuivit à voix très basse :

— Pensez-vous qu'il soit vraiment indispensable de m'enfermer ainsi?

— Je pense, monsieur le prote, qu'il faut vous guérir à jamais, dit le colonel en poussant légèrement Herbin vers la porte de l'établissement.

VIII

Quand le colonel, après avoir recommandé Herbin au directeur du sanatorium, revint vers le taxi, l'enfant ne s'y trouvait plus.

Le chauffeur, interrogé avec quelque vivacité, dit qu'il n'était pas chargé de veiller sur ses clients et qu'il laisserait échapper de sa voiture toutes les fillettes de Paris, les unes après les autres, si tel était leur plaisir.

Bigua éprouvait trop d'inquiétude pour montrer son humeur. Il réprima sa forte envie de gifler le chauffeur et adoucit par degrés son regard. Il arrive toujours un moment où les officiers de tous les pays savent être les plus modérés des hommes.

— Dans quelle direction est-elle allée ? dit-il poliment.

— Montez toujours, nous allons tâcher de la retrouver, dit le chauffeur rasséréné.

Marcelle, deux cents mètres derrière le taxi, regardait une vitrine de marchand de bois, coke, charbons, briquets et allume-feux.

— Mademoiselle, dit le colonel, son chapeau à la main et en inclinant légèrement la tête, êtes-vous déjà fatiguée de ma présence? Où voulez-vous aller? Donnez vous-même l'adresse au chauffeur.

— Oh! monsieur, répondit Marcelle fort gênée, je regardais seulement ce magasin en vous attendant.

Et elle monta dans la voiture.

Bigua fut sur le point de dire : « Mais j'aurais pu ne pas vous voir, m'en aller à votre recherche dans l'autre sens et vous égarer peut-être à jamais. »

Il se tut, n'osant pas en ce moment interroger de front le destin. L'âge, la beauté, la pâleur, la nationalité de cette enfant, l'impressionnaient beaucoup. Et la teinte de la robe jaune, si décolorée par de fréquents lavages, et cette mauvaise reprise des bas et les talons éculés des chaussures et cet air de souffrance rétroactive! « Ai-je vraiment mérité tout cela! » se disait-il. Et cette âme encore toute petite, mal formée et qui cherchait ses véritables dimensions et sa qualité dans ce taxi traversant le quinzième arrondissement à belle allure.

— Jamais je n'oserai lui imaginer une robe, ni même lui prendre ses mesures. Et que dira ma femme! pensait Bigua qui avait laissé dans la voiture le plus d'espace possible entre lui et l'enfant assise à son côté.

De retour chez lui, le colonel éprouva que sa joie s'accroissait encore de ce que sa femme et toute la famille venaient de sortir. L'étranger était singulièrement ému à la pensée de se trouver seul dans l'appartement, auprès de cette enfant au teint délicat, aux lèvres gercées.

— Aimeriez-vous à avoir une chambre sur rue ou sur cour?

— Oh! je n'ai pas besoin de beaucoup de place, dit Marcelle avec un accent où le colonel crut remarquer une nuance de coquetterie.

Ce fut tout. Mais la phrase fut suivie d'un silence très important durant lequel Marcelle ne cessa de regarder candidement le colonel avec ses beaux yeux où revenaient battre de l'aile et expirer les moments principaux de cette grave journée.

Bigua fit passer sur son visage un sourire limpide, parfaitement filtré. C'était la première fois de sa vie qu'il souriait. Mais, tout de suite après, il constata malgré lui que Marcelle avait les attaches très fines et, dans le regard, une douceur qui débordait l'enfance.

Dehors il commençait à pleuvoir.

Le colonel pensa que sa femme n'allait pas tarder à rentrer. D'une minute à l'autre on pourrait sonner, et quelques instants après sa chambre serait envahie par des enfants et une femme excellente, placide, à qui il reprochait seulement d'être la sienne depuis quinze ans.

— N'êtes-vous pas étonnée, petite demoiselle, de vous trouver ici chez un colonel de l'Amérique du Sud? Saviez-vous où je vous menais?

— Je savais que vous étiez bon et d'un pays étranger.

— Pourquoi vous êtes-vous éloignée du taxi tout à l'heure?

Marcelle ne répondit pas.

Elle pensait : J'ai peur des hommes... Ils ont de grosses voix, ils sont infiniment plus forts que moi. J'en ai vu tant qui entraient chez ma mère comme de grands chiens cherchant leur nourriture, la tête basse! Ils s'enfermaient dans sa chambre. Parfois, dehors, il pleuvait comme en ce moment, je m'amusais à regarder leur pardessus encore tout chaud au porte-manteau et quelques papiers dépassaient des poches. Dès que j'entendais du bruit je me sauvais dans la cuisine où j'aidais la bonne dans son travail.

— Et votre mère ne vous disait rien? dit miraculeusement Bigua, comme s'il avait pu suivre la pensée de l'enfant derrière son front.

Celle-ci sursauta légèrement. Bigua l'avait-il vraiment entendu penser?

— Et moi, je ne vous fais pas peur, reprit le colonel avec toute la simplicité dont il était capable en cet instant si complexe et si lourd.

Depuis un instant il se demandait s'il était convenable qu'il posât cette question, si ce n'était pas le diable qui s'était dérangé pour la mettre lui-même sur ses lèvres.

Marcelle ne dit mot. Elle baissa les yeux et comme elle était à contre-jour, on n'aurait su dire si elle avait rougi ou pâli.

Le silence entre ces deux êtres qui se connaissaient à peine cherchait son volume, ses possibilités et s'inquiétait de celles-ci au fur et à mesure qu'il en prenait connaissance.

Bigua, se ressaisissant complètement, reprit d'une voix haute et claire de chef de famille :

— Allons, amuse-toi, mon petit. La bonne va te conduire dans l'antichambre. Saute sur les canapés, fais ce que tu voudras en attendant le retour de ma femme.

Entraîné par ses sentiments, il craignait toujours de ne pas les exprimer avec assez de force, alors que trop souvent ses paroles les dépassaient.

Marcelle n'avait plus peur. Elle regardait les meubles de l'antichambre avec une extrême curiosité. Ces tableaux si lumineux, accrochés aux murs, mais c'étaient des gauchos qui dansaient comme dans un rêve. En s'approchant, elle lut la signature : Fegari, ou plutôt : Figari.

Elle ne pouvait s'empêcher de penser : Que fera ma mère quand elle rentrera? Et mon père où l'a-t-il caché, ce colonel? Qu'était cette grande bâtisse triste où on l'a conduit? Elle voulait le

demander au marchand de bois devant le magasin duquel Philémon l'avait retrouvée. C'était un
peu pour cela qu'elle était allée dans ce sens, un
peu par crainte aussi, un peu par esprit d'aventure et d'indépendance, pour montrer qu'elle
n'était plus tout à fait une enfant qu'on pince
durement pour lui imposer silence.

Une belle négresse avec un madras traversa
l'antichambre, souriant et lui faisant une espèce
de petite révérence fort encourageante. A quoi
l'encourageait-on? Y avait-il d'autres enfants à la
maison? Plus grandes qu'elles? Et des garçons?
Comment serait la femme du colonel? La prochaine arrivée de cette femme la rassurait. Une
porte était entr'ouverte. Elle la poussa et entra.
Qu'était cette pièce avec cette énorme cheminée?
Une grosse bouilloire toute noire se pavanait
sur un feu de bois. Et ces sièges en cuir de vache
nature et là-bas, dans ce coin, mais c'était horrible! des squelettes, deux têtes de bœufs avec
leurs cornes et qui semblaient là tout à fait à
l'aise. Et çà et là, dans des pots dissimulés, d'ad-
mirables chardons bleus constituant tout un paysage. Au mur, deux guitares accrochées, deux
belles guitares aux formes pacifiantes. Un portrait du colonel à cheval, commandant à des
centaines de bêtes à cornes, et, comme pendant,
un autre portrait de Bigua, toujours en civil, mais
entouré de toute une armée de lanciers, l'air
cruel. Où était-elle donc et fallait-il avoir peur?

Fallait-il s'étonner, fallait-il s'échapper pour tout de bon de chez ces sauvages si polis et bien élevés? Marcelle entr'ouvrit une autre porte. Ah! elle donnait dans l'antichambre. L'enfant commençait à se rendre compte de la disposition de l'appartement. Jamais elle n'avait pensé qu'il pût y en avoir de si grands, de si mystérieux en plein Paris, dans un quartier qu'elle connaissait bien. Parmi l'ombre de l'antichambre qu'elle croyait vide, elle vit soudain un être vivant. Un autre nègre! Lui aussi, se mit à sourire doucement. Tout le monde semblait avoir pour mission de la rassurer. Mais pourquoi ce noir était-il près de la porte du palier? Avait-il reçu l'ordre d'empêcher une tentative de fuite? Se serait-il mis à brandir un grand couteau? Ou l'aurait-il laissée partir avec ce même sourire?

Marcelle referma doucement la porte du vestibule sur le visage du nègre qui continuait à la regarder de loin avec la même tendresse. Elle se dirigea vers une fenêtre donnant sur la rue. Elle vit la bonne pluie de Paris et sa bonne boue, les familiers immeubles gris et deux tours d'église et une crémerie, un restaurant, et les taxis de Paris, les triporteurs, les autos de maître, tous les passants, les camelots, les parapluies de Paris. Elle n'avait qu'à faire un petit signe dans la pluie pour que montât un agent suivi de beaucoup d'autres et des commerçants du quartier et de la Justice. Elle n'avait rien à craindre. Toute la

France veillait sur elle et la protégerait si besoin était chez ces étrangers dont le gouvernement français autorisait la présence au Square Laborde. Ce colonel était bien bon de prendre soin d'elle, de l'éloigner de sa mère et d'avoir accompagné son père dans un endroit où il avait paru assez fier de se rendre.

Cependant Bigua, resté seul dans sa chambre, tournait et retournait longuement dans sa tête ses impressions de la journée. Il songeait :

— Pourquoi ai-je pris les choses, tout à l'heure, de cette façon trouble? Est-ce donc ce que j'appelle une bonne action?

Desposoria rentrant avec Antoine, Jack et Fred, ne put s'empêcher de marquer sa surprise en voyant chez elle cette nouvelle *acquisition* de son mari.

— Tu aurais bien pu me prévenir, mon ami.

C'était la première fois, depuis leur mariage, que Desposoria semblait le désapprouver, encore que légèrement.

— Pouvais-je savoir? dit le colonel.

Il lui raconta tout au long l'aventure en gardant toutefois le silence sur ce qu'il savait de la mère de Marcelle.

— Je vais faire prendre un bain à cette enfant, dit Mme Bigua en manière de conciliation.

Et elle pria la nurse de savonner « cette petite ».

Quelques instants après, l'Anglaise se penchait sur le corps blond et un peu grêle de Marcelle, dans la baignoire aux armes du colonel. Mais, ramenant soudain à soi son regard qui venait d'aller des jambes au visage, elle lui dit, d'une voix où perçait une légère irritation :

— Vous êtes bien assez grande pour vous savonner vous-même.

Elle s'assit dans un coin de la salle, le dos légèrement tourné à la jeune fille.

L'arrivée de Marcelle auprès des autres enfants causa quelque jalousie à Joseph, ce grand garçon fort pâle, haut sur jambes, qui avait tant piqué sa curiosité quand elle le vit entrer, jeter ses livres sur un fauteuil de l'antichambre et donner de grands coups de pied dans un ballon, au risque de casser le lustre et la vitre des tableaux.

Marcelle ignorait qu'il y eût chez le colonel un garçon de cet âge. Joseph, par sa brusquerie et l'ignorance où il semblait vouloir rester de la présence de la jeune fille, suscita son antipathie.

Le colonel et sa femme ne présentèrent pas Marcelle aux autres enfants, non qu'ils voulussent marquer quelque réserve à son égard, mais par simple laisser-aller créole. La nurse se contenta de leur dire qu'ils pouvaient s'amuser ensemble et ferma les six portes de l'antichambre pour faciliter l'intimité.

Marcelle ne parlait guère et restait assise dans un coin. Comme il n'y avait pas encore de robe pour elle à la maison, on l'avait enveloppée dans un kimono cerise de Desposoria, ce qui accrut encore le trouble du colonel. Il n'avait pas voulu parler à sa femme de la délicate question de l'habillement de la fillette et, traversant le couloir, il fit mine de ne pas s'apercevoir de sa tenue. Mais il ne put penser à autre chose jusqu'au dîner : cette petite que deux heures auparavant il ne connaissait pas, voilà qu'elle était nichée maintenant dans un vêtement de sa femme! Ce kimono qui lui avait paru jusque-là sans avenir sentimental s'associait maintenant, et de tout près, à l'aventure la plus extraordinaire de sa vie!

Le colonel traversa de nouveau le couloir, passa par un petit réduit donnant dans sa chambre et se dit devant un miroir : « Ça va », en faisant une affreuse grimace de contentement. Il retrouva Desposoria dans sa chambre à lui, et sans autre motif, l'embrassa. Sa femme le regarda avec quelque étonnement : le colonel ne se montrait tendre qu'avant de pratiquer l'amour. Elle se demandait s'il n'allait pas tout d'un coup fermer toutes les portes à clé pour s'unir à elle, à six heures de l'après-midi, dans une chambre entourée par tous ces enfants qu'ils n'avaient pas réussi à mettre au monde.

Mais Philémon se contenta de prendre un livre de puériculture dans sa bibliothèque. Le sevrage l'intéressait beaucoup depuis quelque temps et bien qu'il ne songeât pas à s'emparer d'un nourrisson, il était fort ému par la question de savoir s'il faut séparer un enfant de son biberon à l'âge de quinze ou de dix-huit mois. Aujourd'hui il ne parvenait pas à lire trois lignes de suite. Il pensait :

— Où Desposoria a-t-elle installé Marcelle? Pourquoi ne pas le lui demander? J'aurais vraiment l'air de m'intéresser trop à cette enfant. Pourvu que ce ne soit pas dans la chambre de Joseph! Supposition ridicule! Il ne viendra pas à l'esprit de ma femme de la mettre dans la chambre d'un garçon de quinze ans. Qui sait? Les femmes oublient parfois les choses essentielles. Et Desposoria, si froide, est bien capable de les avoir fourrés tous deux ensemble, sous prétexte que ce sont les aînés ou pour quelque raison aussi saugrenue! Mais non, il est absolument impossible que ma femme ait placé Marcelle justement dans la chambre de celui des garçons qui n'est pas loin d'être un homme — à moins qu'il ne le soit déjà. Ces passages de l'adolescence à l'âge d'adulte se font toujours dans le plus grand silence, et l'on en est la plupart du temps averti quand c'est déjà fait depuis longtemps.

Et pourtant, rien ne serait plus naturel que ma question : Desposoria, quelle chambre as-tu donnée à Marcelle?

Mon devoir m'oblige à m'intéresser à cette enfant. Mais pourquoi ma femme ne me renseigne-t-elle pas spontanément? ce serait tout aussi naturel.

Le colonel se leva sans mot dire, traversa le hall

et visita les chambres les unes après les autres. Ah, voilà l'humble petite valise. La chambre donnait sur la cour. C'était, sur le plan de l'immeuble, la chambre de Joseph exceptée, la plus éloignée de celle du colonel! Cette chambre était à côté de celle de Joseph. Philémon se disposa à fermer à clé la porte de séparation. C'était déjà fait; Desposoria y avait pensé avant lui, l'excellente femme! Le colonel jugeant la précaution insuffisante prit la clé et la jeta dans les cabinets avant de regagner sa chambre. Mais il revint bientôt avec un tampon d'ouate pour boucher le trou de la serrure. Il regagna sa chambre, traversant le hall, la mine très affairée de quelqu'un qui fait des efforts pour avoir l'air de ne penser à rien, et reprit auprès de Desposoria sa place et son livre resté ouvert sur la table au chapitre :

« Du Danger d'un Sevrage Prématuré. »

Il se mit à lire à haute voix et en séparant les syllabes pour faire pénétrer les mots dans son intelligence, laquelle restait obstinément close à toute lecture en ce moment. Il répéta :

— Du Dan-ger d'un Se-vra-ge Pré-ma-tu-ré.

Mais il pensait :

— Cette fois une profonde raison de vivre est entrée dans la maison.

C'était donc cela une famille à table, pensait Marcelle. Et une soupière qu'on apporte dans une très sérieuse salle à manger et dont on soulève le couvercle fumant devant des convives heureux d'être ensemble! C'étaient donc là les verres, les assiettes, les couverts de la prospérité. Et voilà exactement comme on devait se tenir dans un tel milieu et exactement comme on devait parler, se taire, porter la cuiller à ses lèvres et les essuyer.

Marcelle avait été placée à la droite du colonel, la place habituelle d'Antoine.

La nouvelle venue était un peu pâle dans son kimono. Les enfants et les domestiques ne la quittaient pas des yeux. Seul le colonel semblait trouver la chose naturelle, naturelle comme si, dès les origines du monde, Dieu l'avait décidée dans un petit moment de répit.

Après le dîner on passa dans la grande pièce qui avait tant étonné et séduit Marcelle. Dans l'immense cheminée, Philémon Bigua avait fait installer un *fogon* rappelant la vie des ranchos. On y faisait un grand feu de la pampa avec du sapin des Ardennes. Ce n'était pas un fogon purement décoratif : le matin de bonne heure, le colonel y grillait lui-même son *churrasco* [1] de la boucherie Gambetta et toute la journée la *pava* [2] y était suspendue, à la disposition des buveurs de maté. Le sergent-valet de chambre Atonito en prenait soin qui était petit-fils d'esclaves et dont le regard, captif encore, ne se posait sur les

1. Morceau de viande rouge.
2. Grosse bouilloire qui tire son nom de ce qu'elle a la silhouette d'une dinde accroupie.

blancs qu'avec timidité. Gumersindo, le chauffeur noir, admirable mécanicien, Felizota, la cuisinière, et la servante Narcisa venaient aussi, leur travail terminé, se glisser silencieusement autour du feu avec l'ancien péon Téofilo qui accompagnait toujours les enfants, même quand le colonel et sa femme sortaient avec eux. Ces gens prenaient part à la conversation, comme on fait dans les estancias, d'une voix lente, sans inflexions, et espacée, qui eût révélé même à des aveugles les immenses plaines de l'Amérique. Nulle odeur de graillon ni d'office. Tous étaient parfaitement propres et partageaient avec la famille l'usage des salles de bains et de l'eau courante.

Comme il arrive dans la campagne sud-américaine, on trouvait ce soir-là, autour du foyer, des Européens à côté de créoles authentiques. Rien de tel que le fogon pour acclimater l'étranger et harmoniser une compagnie hétéroclite.

Le colonel prit sa guitare, et tournant légèrement le dos à la fille du prote, parce qu'il ne pensait qu'à elle et pour elle seule jouait, se mit à chanter des *vidalitas* où sombraient des désirs confus.

Du chant de la guitare, de ces sombres et souriants visages, de cette ambiance patriarcale où serviteurs et maîtres se trouvaient réunis, de ces silences pleins de souvenirs s'élevaient peu à peu, comme du fond des mers à l'approche d'un navire, les pays lointains. Beaux noms d'Argentine, de Brésil, d'Uruguay, vous reveniez sur les lèvres avec les noms des escales et des ports où débarquent les cœurs vacants et les hautes caisses bourrées de marchandises.

Comme on s'était séparé pour aller se coucher, le colonel pénétra un instant dans la chambre de sa femme et, d'une voix qui ne visait pas au mystère mais y baignait profondément :

— Et que penses-tu faire des effets personnels de cette petite?

(Pourquoi ai-je dit : personnels? pensait-il. Ah, ce doit être pour les rapprocher davantage de ce charmant petit corps.)

— C'est à peine bon à jeter.

— Mais non, mon amie, mais non, il faut les garder et en faire un paquet qu'elle conservera dans son armoire. Songe donc que c'est là ce qu'il y a de plus à elle au monde, et que, dans aucun des cinq continents, on ne trouverait rien, absolument rien, qui lui appartienne davantage... Même en Chine... où pourtant!...

Il s'arrêta, renonçant à exprimer une pensée qui était restée dans les limbes.

Vingt jours s'écoulèrent. Marcelle ne pouvait songer au colonel Bigua sans se troubler. Le mystère où vivait ce rêveur forcené, capable de rester plusieurs heures de suite sans rien faire d'apparent, retenait singulièrement l'attention de la jeune fille et l'obligeait souvent à rêvasser parallèlement dans sa chambre au lieu de faire les devoirs que lui donnait son institutrice.

Marcelle faisait son éducation à la maison; le colonel, le prote, consulté par pneumatique, et Desposoria ayant jugé que la fréquentation de quelques mauvaises camarades pouvait compromettre l'œuvre de purification à laquelle on l'avait soumise.

Bigua pensait-il encore à elle ? Certaines attitudes contraintes du colonel semblaient le lui faire croire et son regard qui s'attardait souvent sur les mains de la jeune fille, la boucle de ses souliers ou le haut de son chapeau. Elle n'était sûre que de l'envie qu'elle éprouvait depuis longtemps de baiser les lourdes paupières derrière lesquelles se cachaient les yeux les plus noirs et les plus chargés qu'elle eût jamais vus.

Il représentait pour Marcelle tout ce qui lui avait manqué chez sa mère : le luxe, la bienveillance et les pays étrangers. Elle contemplait cet homme, toujours au milieu de sa solitude comme l'Homme des Bois, caché par douze lieues de feuillage.

Elle le trouvait beau avec son visage sans transitions, sa peau très blanche et ses cheveux très noirs, beaucoup plus beau et plus viril que tous les hommes qu'elle avait vu entrer chez sa mère, essoufflés par une joie toute proche, et avec cette hâte dans le regard.

Il lui arrivait parfois, durant que les garçons s'amusaient, de se glisser clandestinement dans un petit salon dont la porte, en général ouverte, donnait dans la chambre du colonel.

Elle aimait à rester là, dans l'ombre des volets clos, même en plein jour, pour écouter le froissement d'une feuille par Bigua, le bruit de sa toux puissante, le petit choc de la bouilloire à maté sur une assiette, ou sentir la fumée du cigare de l'étranger, laquelle pénétrait dans le petit salon à la recherche d'on ne savait quoi. Grave circulation du bruit, de la fumée, de la lumière, de la pensée, d'une pièce à l'autre! Confluent de deux silences et de deux âmes dont l'une, aveugle, ignorait que l'autre était là. Et tout ce que la présence d'un homme dégage de grand et de fort quand il est épié par une petite fille, loin de chez elle.

Tapie dans une bergère verte, Marcelle ne bougeait pas. Elle aimait à penser que cet homme étrange, si bon pour son père et pour elle-même, n'aurait eu que trois pas à faire pour se trouver au salon et la découvrir tout entière. Mais un jour ce fut la femme du colonel qui entra et la trouva faussement endormie dans l'obscurité.

Le lendemain, Marcelle revint à la même place pour écouter et se souvenir. Dans ses bras, une poupée que Desposoria lui avait donnée.

Bigua était encore seul dans sa chambre.

Soudain, après un bruit préparatoire de l'ar-

rière-gorge, des mots s'échappèrent de ses
lèvres :

— Si j'ai quitté mon pays c'est uniquement en
raison de la jalousie du Président de la République qui m'en voulait.

— Il parle peut-être de moi, songeait Marcelle au fond de sa bergère.

Philémon Bigua pensait tout haut, et en espagnol, ce que sa pudeur l'aurait empêché de dire
autour de lui.

— J'ai été le vainqueur moral de la bataille de
Piedritas. On a jeté des fleurs sur mon passage.

Puis au bout d'un instant :

Une femme, une vraie, c'est-à-dire une Fran-
çaise!

Bien sûr ou plutôt pourquoi pas? Bien sûr!

Dans ce grand appartement de 30.000 francs
pas un cheval, ni une vache, ni une autruche,
ni un teru-tero, ni une clôture en fil de fer!
Mais j'ai un fogon.

Après chaque réflexion du colonel se refor-
mait peu à peu et difficilement le silence tout
à fait sensible de Paris.

— Mais si j'ai absolument besoin d'une Fran-
çaise, dit Bigua, en français cette fois, et sur un
ton de férocité, allons au bordel!

Et il se mit à marcher à grands pas dans sa
chambre.

Déjà, Marcelle prise de peur avait quitté la
pièce.

Sachant qu'il arrivait parfois à son mari de penser tout haut, Desposoria, dans l'attente de quelque révélation, alla le lendemain prendre la place de Marcelle dans la bergère verte, et attendit. Mais le colonel ne lui livra rien ce jour-là ou, du moins, elle pensait qu'il en serait ainsi et se réjouissait de ce qu'il fût capable de retenir ses pensées durant plus d'une heure quand une phrase tomba, à peine murmurée. La femme de Bigua n'en comprit pas le sens mais l'accent en était profondément triste. Et au milieu de la phrase, Desposoria avait entendu son propre nom, si dénué, si malheureux, parmi ces syllabes incompréhensibles, que laissant tomber sa broderie, elle étouffa des sanglots. Cependant, Marcelle, qui s'avançait pour reprendre sa place de la veille, s'arrêta net dans l'obscurité à deux pas de Desposoria, puis se retira sur la pointe des pieds sans qu'on eût remarqué sa présence.

Ayant vu sangloter la femme du colonel, Marcelle s'imagina que celui-ci avait dû laisser échapper qu'il l'aimait.

IX

Quelques jours plus tard, Philémon se promène au Bois avec Desposoria, Antoine, Jack
et Fred. L'auto les suit.

Mais qu'est-ce donc? Voilà qu'à vingt mètres
d'ici (ici c'est la portion de l'immense Terre
occupée par les semelles du colonel), à vingt-
cinq mètres tout au plus, Bigua vient de voir un
événement se former, puis se dérouler, très vite,
le temps de respirer quatre fois. Une femme est
tombée sur le côté comme abattue par un coup
de mer invisible. Une autre femme, l'air d'une
bonne d'enfants, pousse un grand cri. Sur toute
l'allée, les arbres frémissent jusqu'à ne plus
sembler que des spectres de marronniers.

Et Antoine, là-bas, fait signe d'approcher au
colonel et à tous ceux qui ont un cœur sur la
terre. Il venait de voir passer sa mère et sa bonne
et avait couru vers elles.

Bien qu'il n'eût jamais envisagé la possibilité
d'une telle rencontre, Bigua ne s'étonnait pas.

Comme un criminel de droit commun il se félicitait que l'allée fût déserte. Il y avait bien un garde dont l'attention semblait avoir été attirée et qui s'avançait à une centaine de mètres. Mais Bigua pensait avoir le temps de tout arranger avant l'arrivée de cet homme « sur les lieux ».

Antoine avait dû faire quelques recommandations à sa bonne. Celle-ci, calmée, accueillait le colonel avec un visage clôturé mais sans haine.

Et déjà, Bigua, qui portait toujours sur lui un flacon de sels, en cas de blessure d'un des enfants, se penchait sur Hélène et faisait peu à peu revenir des lointains où il s'était perdu le beau visage maternel bouleversé. Pour la deuxième fois de sa vie, Bigua sourit. Et d'une façon que ses émotions diverses et contradictoires rendaient plus qu'ambiguë.

— Ce ne sera rien, dit-il avec amabilité en revissant le couvercle d'argent de son flacon.

Rose allait donner des éclaircissements au garde, mais sa maîtresse l'arrêta d'un geste pâle. L'homme s'éloigna, le dos méfiant, et son pas faisait des réserves de toute sorte.

— Je suis entièrement à vos ordres, madame, dit Bigua qui donnait déjà sa carte à Hélène.

Celle-ci, encore mal revenue à soi, ne prenait des choses qu'une connaissance imparfaite, mais elle serrait son enfant contre elle. Antoine qui ne lâchait pas la main droite du colonel, le regardait avec fierté et gratitude. Sa pâleur était telle qu'il ressemblait à sa mère de façon pathétique.

Hélène se sentait trop faible pour haïr l'homme qui lui avait ravi son enfant.

Il y eut un long silence.

— Que vais-je dire à cette femme? songeait Bigua. Je n'ai absolument rien à lui dire. Dans toutes les circonvolutions de mon cerveau, on ne trouverait pas une seule réponse!

Hélène parla soudain, et très vite. Ses mots jaillissaient comme des larmes.

— Mais pourquoi, pourquoi avez-vous fait cela?

Desposoria en pleurs se penche sur la mère d'Antoine et lui parle quelques instants à l'oreille. Que dit-elle? Comment excuse-t-elle son mari? On voit les deux visages, l'un contre l'autre, parler et écouter avec passion.

— Vous n'avez qu'un mot à dire, madame, dit Bigua. J'appelle le garde et me constitue prisonnier.

Un long silence.

— Je vous en prie, dit-elle. Ne mêlez pas la police à... à tout ceci. J'ai besoin d'être seule pour prendre une décision.

Hélène se leva, cherchant des yeux une voiture.

Desposoria lui offrit la sienne.

— Ah non merci! dit la mère avec vivacité.

— Si, si, maman, insista Antoine.

Hélène regarda Rose et tous trois finirent par monter dans l'auto que conduisait Gumersindo.

Rentrée chez elle, Hélène ferma à clé la porte

de son appartement, tourna le verrou de sûreté. Elle prit Antoine dans ses bras et le pressa contre sa poitrine. Elle allait lui dire : « Raconte-moi tout, dis-moi ce qui s'est passé. Vite, vite. » Mais son cœur, son cœur physique protestait lugubrement dans les ténèbres de la chair. La joie le torturait comme la douleur, il les confondait et les mélangeait dans une même souffrance.

Elle entra dans sa chambre, en ferma la porte, fit asseoir son fils.

— Je suis un peu souffrante, mais reste près de moi, mon enfant. Amuse-toi avec... avec ma boîte à gants. Te rappelles-tu que tu voulais les essayer l'autre jour et que je t'en ai empêché?

Elle s'allongea sur son lit. Antoine regardait les gants qui sentaient bon, mais il n'osait les toucher.

Comme Hélène souffrait d'un fort mal de tête, elle pria l'enfant d'éteindre l'électricité. La chambre n'était plus éclairée que par une faible lueur venant du vestibule.

— Cela ne t'ennuie pas trop que je te laisse un instant dans le noir? Je suis si fatiguée!

Au bout d'un instant :

— Tu es là, mon petit, dit-elle. Oh, cela ne va pas durer longtemps. Dans un moment j'allumerai et ce sera très drôle de se retrouver. En attendant, il n'est pas gai comme je l'aurais voulu ce retour à la maison! Mais tu as vraiment retrouvé une maman toute neuve *quoiqu'*un peu fragile. (Pourquoi ai-je dit *quoique?* pensait-elle.

Ah que les mots me laissent tranquille quand je suis si près d'autre chose où ils périront tous d'un seul coup!) Elle reprit avec l'impression très désagréable qu'elle ne savait pas parler aux enfants :

— C'est une si merveilleuse joie pour moi que tu sois venu tout à l'heure alors que je ne t'avais pas aperçu. J'allais prendre par l'avenue Henri-Martin. Je ne te remercierai jamais assez.

Elle était étonnée de l'accent cérémonieux de ses paroles.

— Je suis bien égoïste de te garder là dans l'obscurité. Va t'amuser, mais ne t'éloigne pas. Reste dans le hall et monte sur ton tricycle qui fait un si joli bruit quand tu passes.

Angoissée de ne pas entendre son enfant lui répondre, elle se leva pour tourner le commutateur.

La tête appuyée sur l'avant-bras, les lèvres au tapis où il s'était laissé glisser, Antoine dormait parmi une vingtaine de paires de gants noirs, blancs, gris, autour de lui répandus. Plusieurs portaient de courtes nervures.

Desposoria fit prendre des nouvelles d'Hélène le lendemain matin et lui envoya une corbeille d'orchidées.

Quelques jours après, Antoine demandait à sa mère de le laisser aller jouer avec les jumeaux chez le colonel.

Hélène sursauta et cacha silencieusement son visage derrière ses mains fines.

Après en avoir conféré avec Rose, elle accorda

l'autorisation avec une facilité qui la déconcerta. (Elle avait obtenu d'excellents renseignements sur le colonel et sa femme.) Mais il fut convenu que la bonne ne quitterait pas l'enfant un seul instant. Elle en profiterait pour voir dans quel milieu il venait de passer ces trois semaines.

Rose revint si bien impressionnée de sa visite que, le soir même, on téléphona simplement à la Préfecture de Police que l'enfant était retrouvé.

— Chez qui? demanda avec sévérité une lourde voix au bout du fil.

Mais, soudain tremblante, Rose raccrocha, sans trop comprendre pourquoi. Et sa maîtresse l'approuvait.

Au bout d'un instant on entendit de nouveau la sonnerie du téléphone.

— Chez qui, madame, chez qui a-t-on retrouvé l'enfant? On ne lance pas ainsi la police dans une affaire pour se refuser ensuite à toute précision.

— Chez un parent de province, dit Rose, catégorique.

— Fort bien, dit la voix ironique, fort bien! Et on raccrocha.

Durant les mois qui suivirent, Hélène se consacra uniquement à son fils. Elle pâlissait de plus en plus au milieu de ses souvenirs. Antoine retrouvé, elle continuait à le chercher sans espoir. Son cœur, déshabitué du calme et de la paix, semblait ne pouvoir plus battre que d'angoisse.

Quand elle se levait pour se rendre d'une chambre à l'autre, elle le faisait avec une espèce de timidité de tout son corps : voulant se faire oublier de son cœur atteint d'une lésion grave, elle évitait les gestes et d'élever la voix. Elle pensait :

— Les morts sont jaloux et n'ont de cesse qu'ils ne nous aient tirés à eux. L'un d'eux m'a saisi le cœur et si bien qu'il me l'arrachera un de ces jours. Ah! je sens que je ne serai plus bientôt sur cette cheminée ou sur une autre qu'un portrait de morte.

Elle n'osait guère interroger son fils sur son séjour chez les Bigua. La maladie la maintenait dans une opacité dont elle ne pouvait sortir. Il ne lui restait au loin qu'une frêle lumière : celle-ci se débattait au bout d'un immense cierge.

Un jour (douze mois s'étaient écoulés depuis la disparition d'Antoine), elle voulut à tout prix recevoir Bigua et sa femme, chez qui elle envoyait très souvent son fils avec Rose.

Hélène, assise au salon, attendait depuis quelques instants les étrangers, mais ce n'est que lorsqu'ils se furent trouvés tous deux dans l'encadrement de la porte que son cœur comprit tout à coup, et dans un même temps, qu'ils allaient venir et qu'ils étaient là.

Sous le choc elle pencha la tête et tomba morte.

Hélène s'était attendue à la mort mais plus encore à quelque miracle qui l'eût fait vivre longtemps. Elle n'avait pas fait de testament.

Le jour des obsèques, Antoine alla dès le matin chez le colonel où on le garda à déjeuner, à dîner, « et pour toujours » dit Bigua. Celui-ci s'engagea devant notaire, avec le consentement de la famille d'Hélène (laquelle habitait en province), à subvenir aux besoins de l'enfant jusqu'à sa majorité. Les parents de la morte s'imaginaient que ce riche étranger était l'amant d'Hélène et peut-être même le père d'Antoine. Longtemps, ils en chuchotèrent à quatre cents kilomètres de Paris et décidèrent de ne faire procéder à aucune enquête de peur que le résultat n'en fût défavorable pour Bigua et qu'ils n'eussent à s'occuper de l'éducation d'un enfant qu'ils ne connaissaient pas et dont la fortune était bien moindre que la leur.

Toute la famille du colonel, même les petits Jack et Fred, volés à Londres, prirent le deuil « par décence », dit Bigua. Et le prote voyant sa fille en noir, acheta un crêpe pour son chapeau.

Longtemps Bigua fut attristé par ce malheur et taraudé de scrupules. N'était-il pas le meurtrier d'Hélène? En vain se répétait-il : « Une vie humaine, cela devrait-il compter pour un officier de carrière? » Il était triste, sérieux et triste. Craignant tous les malheurs qui naissent spontanément de l'amour, il ne regardait plus Marcelle qu'avec une indifférence très volontaire.

Et c'est ainsi que, peu à peu, difficilement, deux années passèrent au Square Laborde et tout autour.

DEUXIÈME PARTIE

I

Le prote, qui avait divorcé, retardait toujours le moment de partir pour une des estancias du colonel. Bigua le rencontrait souvent le matin, vers la fin du mois, qui faisait les cent pas au Square Laborde. De loin, le colonel lui tendait la main et se croyait dans l'obligation de l'inviter solennellement à déjeuner.

Il se réjouissait de recevoir à sa table un père authentique et de lui montrer sa fille dans une robe de chez Lanvin. Le déjeuner causait toujours quelque inquiétude au colonel. Depuis qu'il avait vu Herbin perdre la semelle de son soulier dans le taxi, Bigua s'imaginait, bien que le prote fût maintenant habillé avec soin, qu'il pourrait laisser tomber à table une manchette, sa cravate, ou l'une de ses trois rides frontales.

Herbin s'exprimait avec une correction parfaite, n'omettait aucun accord. On eût dit que, tout en parlant, il barrait exactement les t, plaçait les accents sans en omettre un seul, mettait le

point sur les i, n'oubliait aucune cédille, et expo-
sait en italique les mots importants. Dans ce
milieu d'étrangers il triomphait modestement et
rougissait un peu, pour marquer le coup, quand
Desposoria faisait une faute de français.

Les enfants se taisaient et le regardaient se
nourrir. Marcelle assise entre lui et le colonel
s'arrêtait parfois de manger pour examiner son
père à la dérobée, avec douceur. Elle aimait cet
homme maigre, faible et rouge — qui se disait
son père (et qui l'était) — elle l'aimait pour ses
malheurs et pour le bonheur qu'il avait su lui
procurer loin de chez lui.

Au moment où Herbin se disposait à partir, le
colonel le prenant à part, avec gravité, le poussait
manifestement dans un coin pour lui glisser une
enveloppe « chargée » dans la poche de son pardessus. Puis il lui serrait les deux mains avec si
peu de naturel, dans un geste si horriblement
mécanique, que l'air même de l'antichambre en
était empoisonné.

Tout de suite après le départ du prote, le colonel, pour calmer ses nerfs excités par son geste
généreux, se réfugiait dans sa chambre et se mettait à coudre n'importe quoi, à la machine, avec
fureur, faisant un travail parfaitement inutile et
même nuisible puisqu'il lui arrivait d'abîmer
à jamais un beau morceau d'étoffe bleue ou
blanche.

Marcelle s'élevait dans le calme et l'honnêteté.

Le luxe sérieux et discret où elle vivait, la vie exemplaire de Desposoria, qu'on rencontrait parfois agenouillée et priant dans n'importe quelle pièce de l'appartement, à toute heure du jour, l'attitude réservée de Bigua, tout semblait diriger la jeune fille vers un mariage qu'on verrait venir de très loin, comme dans les immenses plaines de la Pampa.

Si Desposoria tombait fréquemment en prières, c'est qu'elle craignait pour la santé de son mari. Elle se doutait bien que le séjour de Marcelle chez eux ne pourrait qu'aggraver la bizarrerie de Bigua.

Que se passait-il derrière ce grand front soucieux et sur ce visage que venaient battre visiblement, et avec précision, les événements du cœur, alors que Bigua pensait ne rien livrer de soi, car tel était son désir?

Où en était au juste le colonel, qu'on voyait errer, coiffé d'un melon, dans l'appartement, sans qu'il eût la moindre intention de sortir?

Parfois Desposoria essayait de lui ôter doucement son chapeau, mais Bigua sursautait, comme si on avait voulu lui enlever une tranche vive de son cerveau.

Et Desposoria s'éloignait pour prier encore.

II

Un jour, comme Marcelle se déshabillait dans sa chambre, au retour du cirque Médrano, où elle s'était rendue avec toute la famille, et même le prote, elle vit nettement tourner avec un· faible bruit la poignée de sa porte fermée à clé et donnant sur le couloir.

Qui? Mme Bigua peut-être qui entrait toujours dans la chambre d'Hélène sans frapper? Ou Antoine? Une des négresses? un des domestiques? ou le colonel lui-même? Ou Joseph? Oui, Joseph, son voisin de chambre, ce grand garçon âgé maintenant de dix-sept ans et que nous connaissons encore si mal. Mais quel est, quel est donc ce Joseph qui emplissait Marcelle d'un sourd effroi?

La jeune fille s'était toujours méfiée de cet être positif et volontaire, aux poings solides et dont il fallait éviter les bourrades équivoques dans l'obscurité du couloir. Sa grosse voix, encore mal sortie de l'enfance et pleine de vagues reproches (dont le destinataire n'était pas précisé) régnait dans cette aile de l'appartement.

Travaillant, il tenait à ce que tous peinassent avec lui et on entendait parfois, de sa chambre, ou du couloir où il se promenait, des mots d'argot ou des injures furieusement attachés à des vers d'Homère, de Virgile, de Racine. Ouvrait-il une porte, c'était avec brusquerie et presque toujours jusqu'à la faire battre contre le mur. Sa politesse auprès du colonel et de sa femme suffisait à peine à ce qu'il ne s'attirât pas de reproches. Quand il se servait, de la cuiller ou de la fourchette, il semblait, dans un petit geste préliminaire, devoir faire une saisie générale de tout ce qui se trouvait sur le plat. Il mangeait avec bruit, les épaules effondrées, empoignant le couteau et la fourchette comme des armes de combat.

Un jour d'été, au risque de se tuer, il était entré par la fenêtre entr'ouverte dans la chambre de Marcelle, mais s'était contenté de pouffer de rire en la voyant avec un seul bas et dans un peignoir où la soie cachait mal de timides nudités.

Quand il rencontrait Antoine dans la chambre de la jeune fille il ordonnait à l'enfant d'aller immédiatement travailler. Et alors quel vacarme de jaloux!

— Il n'y a que moi qui travaille à la maison, disait-il.

Que de fois ne se divertissait-il pas à faire peur aux jumeaux en se cachant derrière les portes ou dans les armoires du couloir où on le trouva un jour à demi asphyxié! Ou bien il organisait des battues dans tout l'appartement pour voir s'il ne découvrait pas dans un coin Marcelle racontant à Antoine les belles histoires qu'elle venait de lire.

— Mais d'où vient ce Joseph? Dépêchez-vous donc de nous le dire!

Bigua se promenait un jour dans le quartier Mouffetard, à la recherche d'un enfant martyr. Il allait, aux aguets d'un cri insolite ou d'un sanglot, prêt à monter d'immondes escaliers, tout en serrant dans une poche un browning de fort calibre ainsi qu'une lampe électrique qui projetait une lumière violente et glacée. Et voilà que, justement, comme il descendait la rue Censier, il avait entendu un petit sanglot régulier qui venait d'une fenêtre ouverte. En étudiant la nature du bruit, il comprit que la plainte émanait d'une chambre du quatrième. Montant à pas de loup, il avait trouvé entr'ouverte la porte d'un appartement à un étage dont il n'était même pas sûr, dans son émotion, que ce fût le quatrième.

L'Américain du Sud entendit un gémissement et pénétra dans une chambre où un enfant était lié à sa couche par une horrible fièvre. Le lit, la paillasse et les couvertures semblaient ne faire qu'un. Au-dessus de la tête du malade et tout autour, pendaient du plafond une douzaine, peut-être une quinzaine, de jambons avariés.

Bigua, se faisant passer auprès de l'enfant pour

un médecin de l'Assistance Publique, lui parla quelques secondes avec une grande bienveillance. Soudain, il sentit des parcelles froides d'une substance inconnue qui lui tombaient sur la tête : il remit son chapeau melon et constata que son pardessus portait de nombreux vers qui s'étaient détachés des jambons. Comme il en découvrait aussi qui grouillaient sur le lit de l'enfant, d'un geste il emporta celui-ci dans ses tragiques couvertures. Au moment de quitter la chambre avec son lourd paquet fiévreux, il se cogna violemment le front contre un jambon descendant plus bas que les autres.

Son auto l'attendait non loin de là, dans un coin très obscur.

Le médecin du colonel diagnostiqua une fièvre typhoïde. Vingt jours, Desposoria et son mari soignèrent l'enfant avec le plus grand dévouement, sans rien savoir de ce garçon ni de sa famille.

Joseph ne parlait jamais de son passé comme si cette longue fièvre en avait usé ou effacé le souvenir. Parfois, au milieu d'une conversation, Bigua cessait d'écouter pour se demander en le regardant : Enfant naturel ou légitime ? fils de voleur ou d'assassin ? hérédité syphilitique ? Était-il chez ses parents quand je l'ai pris dans mes bras ? S'agissait-il vraiment d'un enfant martyr comme je l'avais espéré tout d'abord ou d'un être mis à l'écart comme contagieux, d'un garçon *relativement aimé* par ses parents, puisqu'ils le soignaient chez eux au lieu de l'envoyer à l'hôpital?

Il connaissait bien la chambre où il l'avait pris. Mais qu'est-ce qu'il y avait derrière cette chambre?

Joseph avait-il vraiment perdu la mémoire de son passé? Bigua le pensait, sans en être sûr.

Au bout d'un an de soins et de leçons particulières, l'enfant, âgé de quatorze ans, pâle mais vigoureux, avait pu entrer au lycée Condorcet. Pour lui faire oublier le quartier Mouffetard et ce qu'on appelait autrefois « une basse extraction », le colonel avait décidé qu'il ferait des études classiques.

Trois ans après Joseph restait encore inassimilé dans ce milieu comme un petit bloc d'aspirine qui ne veut pas fondre au fond d'un verre. Le colonel, qui le regardait rarement en face, n'aurait pas su dire exactement quelle était la forme de son nez ni la couleur de ses yeux. Il croyait ses lèvres droites alors qu'elles étaient recourbées. Quand il prenait furtivement connaissance de son visage, il se hâtait d'oublier cette figure encombrante. Si leurs regards se rencontraient, Bigua se trouvait en présence de deux yeux narquois qui semblaient lui reprocher d'avoir voulu mettre à profit les malheurs d'un enfant pour se faire une parure de héros. Joseph estimait qu'il n'était pour Bigua qu'un sujet de distraction comme en recherchent les oisifs, un prétexte à faire une bonne petite action! Ah, surtout pas de gratitude! semblait dire le regard du garçon, ne me parlez pas de ça, monsieur Bigua, ou je vous mépriserai à un tel point que la vie sous le même toit deviendra impossible.

Il lui arrivait de laisser traîner des journaux révolutionnaires dans l'antichambre et jusque sur le bureau du colonel. Ses gestes, ses paroles, ses regards baignaient dans une atmosphère indéfinie de chantage. Et un jour, à une petite phrase qu'il laissa tomber nonchalamment dans la conversation, le colonel vit bien que Joseph était capable de le dénoncer à la police.

Un autre jour, Bigua le surprit à table regardant tout à coup sa femme et Marcelle d'un étrange et insistant regard, comme s'il ne s'était agi pour lui que de comparer et de choisir.

— J'ai certainement dû mal interpréter sa pensée, se dit l'Américain. Ce garçon n'aurait tout de même pas le front de penser à ça devant moi!

Il feignait de ne pas remarquer les insinuations ni les insolences de Joseph, mais soudain lorsque dans un silence de la salle à manger, le garçon se mettait à tambouriner sur la table ou à faire un innocent petit bruit de la fourchette sur son verre, voilà que, tout à coup, Bigua éclatait en grands cris — et Joseph se taisait. Mais au bout d'un instant il semblait bien à Bigua que son fils adoptif ricanait derrière sa serviette.

Le dimanche et le jeudi, Joseph s'attardait dans son lit à épier les menus bruits de la toilette de sa voisine : heurts légers du peigne, des brosses et des épingles contre la glace de sa coiffeuse. Il cherchait à la deviner dans les différentes étapes de son habillement. Il brûlait de la situer avec exactitude. Un matin il ne put s'empêcher de lui demander à travers la cloison :

— As-tu passé ton jupon?

Elle ne répondit pas.

Et il l'attendit dans le couloir, étonné de la voir tout d'un coup complètement habillée; les boutons-pressions, les agrafes, tout cela fermait parfaitement. Le mystère était sous clé. Un visage, des cheveux, des mains avaient seuls conservé leur nudité de derrière la porte. Une espèce de regret demeurait à la pointe des seins recouverts par le corsage et des linges plus secrets.

Pour montrer qu'il n'était point dupe de la dignité que semblait vouloir conférer à Marcelle une toilette nombreusement boutonnée, Joseph lui prit brusquement la taille et chercha ses lèvres. Mais la jeune fille s'enfuit.

Marcelle l'avait toujours traité comme un garçon vulgaire avec lequel il vaut mieux ne pas avoir de rapports. Alors qu'il lui faisait toujours compliment de ses nouvelles robes, elle feignait d'ignorer les cravates de Joseph, l'audace de ses faux-cols et le triangle bigarré de ses mouchoirs de poche. L'obscurité où la jeune fille semblait vouloir le maintenir lui devenait intolérable.

— Elle aura beau faire sa dame, je la verrai un jour froncer les sourcils sous le plaisir qu'elle me devra.

Mais le moment est venu depuis longtemps! se dit-il, un jour que Marcelle avait changé de robe. Aurais-je donc peur de cette gosse, qu'une simple porte sépare, la nuit, du plus grand élève de ma classe! Et de cet air d'honnêteté avec lequel elle croit se protéger quand elle pense à sa mère. Et si on venait à la changer de chambre! Si on mettait le vieux à sa place!

Le plus grand de sa classe, il l'était sans contredit. On le voyait dans la cour, quand tous les élèves s'alignaient, dépasser de toute la hauteur du buste et de la tête ses camarades de trois à quatre ans plus jeunes. Et parfois il faisait circuler parmi eux des publications pornographiques dont il était le seul à connaître l'intérêt et les vertus.

On frappa à la porte très légèrement.

— Marcelle, Marcelle, ouvre-moi, disait une voix enrouée par l'émotion et l'imminence du plaisir imaginé.

Elle avait allumé.

La voix de Joseph! Cette fois elle la reconnut.

— Ouvre, répétait une voix brûlante.

Marcelle pensa très vite :

Comment ne pas ouvrir la porte à un garçon

beaucoup plus grand que soi, courant plus vite, sautant plus haut, jurant avec violence s'il lui en prenait fantaisie

— Ouvre donc!

et qu'on retrouverait le lendemain en face de soi!

La sonnette luisait tout près de sa main.

Déjà elle passait son peignoir, mettait les pieds dans ses mules et se disposait à ouvrir de la main gauche alors qu'elle tenait dans sa droite la sonnette comme un revolver. Mais elle crut entendre :

— On se retrouvera!

Dans son trouble ses sens doutaient. Il lui semblait qu'on venait de couper le fil reliant ses oreilles à sa pensée.

Lorsque avec de silencieuses précautions, elle eut ouvert la porte, le couloir était vide.

Elle entendait maintenant Joseph se déshabiller avec violence dans la pièce voisine, renversant une chaise, poussant son lit contre le mur, et se mettant enfin à sauter à la corde durant un temps interminable.

Marcelle suivait le bruit des pieds sur le tapis et le sifflement de la corde. Enfin, voyant disparaître la rainure de lumière qui séparait leurs deux chambres, elle réussit à s'endormir.

La nuit suivante, comme elle se disposait à boucler sa porte, elle s'aperçut que la clé manquait. Elle pensa à faire part à Rose de ses inquiétudes, mais craignit que celle-ci ne gardât pas la confidence pour soi. Ne penserait-on pas aussi que Marcelle avait encouragé Joseph ? Il lui suffirait de pousser la lourde table de nuit contre la porte pour qu'il fût impossible d'entrer. Le bon exemple de Desposoria avait développé en elle le désir de l'honnêteté. Mais parfois elle doutait, en songeant à sa mère. Quoi qu'elle fît, où qu'elle se cachât, elle craignait que son corps ne demeurât en secrète disponibilité.

Longtemps elle hésita à se déshabiller, mais finit par s'y décider, les yeux fixés sur la serrure, quand on frappa légèrement. Elle allait pousser le lit pour renforcer l'obstacle de la table de nuit lorsque Joseph, entrant brusquement, fit tomber avec fracas le petit meuble et ce qui était dessus : la photographie de Philémon et de Desposoria se donnant le bras, un réveil, un encrier qui se brisa sur le parquet. Dans un pyjama de soie d'un fort mauvais goût, Joseph souriait parmi sa pâleur habituelle et sentait le cosmétique qu'il employait pour la première fois.

Marcelle tremblait. Tout geste lui paraissait inutile après l'appel brutal du meuble. Ils attendirent quelques secondes, immobiles, à l'affût du moindre bruit dans l'appartement. Mais déjà Joseph éteignait la lumière après avoir fermé la porte avec la clé dérobée.

Rose entendit le bruit. Assise dans son lit, elle avait tendu l'oreille un moment, puis s'était décidée à se rendre dans le couloir menant à la chambre de Marcelle. Ayant constaté du dehors l'absence de lumière dans cette pièce elle avait regagné son lit en se faisant le reproche de ne pas insister. Elle se sentait vieille, et fatiguée, irrésolue aussi depuis la mort d'Hélène. Elle s'étonnait obscurément d'être encore en vie et chez le ravisseur d'Antoine.

Mais le lendemain, la voilà qui se dirige à nouveau vers la chambre de Marcelle. Elle va reprendre, au point où elle l'avait laissée la veille, la démarche interrompue. Elle frappe à la porte, se demandant si c'est la douleur, la fièvre ou la joie qui va ouvrir.

— On ne peut pas entrer, dit la voix de Marcelle.

— C'est Rose.

Et sur du linge qui séchait devant un feu de bois la porte s'entr'ouvrit, juste assez pour permettre à Rose d'entrer. Marcelle avait les mains rouges de quelqu'un qui vient de faire la lessive.

Sur le tapis clair quelques taches d'encre et aussi sur la porte.

Mais déjà Marcelle, sans que son visage eût accusé une émotion préliminaire, étouffait son chagrin dans les bras de Rose.

Et celle-ci penchée sur la jeune fille la consolait de son mieux cependant que, du coin de l'œil et malgré elle, avec un trouble profond, elle regardait ce linge où la flamme allongeait des reflets insistants.

Rose, qui avait vu parfois Bigua sortir de la chambre de Marcelle durant l'absence de la jeune fille, imagina que c'était lui le coupable.

Marcelle se sentant plainte et pardonnée par une femme qu'elle estimait, garda le silence et attendit le soir avec une tristesse où se mêlait une volupté étouffée.

Ce matin-là, elle sortit comme d'habitude avec Antoine, Jack et Fred. Rose marchait devant avec les jumeaux. Marcelle tenait la main d'Antoine. C'était son plus sûr ami; elle regrettait qu'il ne fût pas plus âgé et de ne rien pouvoir lui dire de ce qui la troublait si fort.

— Tu aimerais avoir dix ans de plus?

— Je t'épouserais.

Marcelle savait quelle serait la réponse d'Antoine, mais elle voulait la lui entendre dire ce jour-là. Dans certains moments de grand trouble, rien ne nous rassure tant qu'un peu de prévu, de tout ce qui nous rattache à ce que nous savons déjà de la vie, avec certitude.

III

Chaque jour, Bigua profitait de la sortie mati-
nale de Marcelle pour passer quelques instants
dans la chambre de celle-ci. Il regardait la coiffeuse qu'elle venait de quitter, les objets de toilette, se défiait du lit qu'il n'osait jamais contem-
pler en face et s'approchait de la commode, non
pour découvrir des secrets, mais pour regarder
au jour la physionomie des tiroirs qu'il ouvrait
et voir, en quelque sorte, comment ils se portaient.

Il s'enfermait à clé pour frotter clandestinement
les meubles et les menus objets avec une peau
de chamois qu'il sortait de sa poche.

— Oh, cette encre sur le tapis! Et sur la porte!
Et cette clé qui manquait déjà hier! Pourquoi
n'en ai-je pas parlé! Pourquoi n'ai-je rien fait!
Et le bruit sinistre de cette nuit! Pourquoi ne
suis-je pas venu voir ce qu'on cassait dans ce coin
de l'appartement!

— A table! A table! dit Rose aux enfants dans

le couloir, d'une voix qui s'efforçait d'être celle de tous les jours et y parvenait assez bien.

Philémon s'était attardé dans la chambre de Marcelle; il se glissa comme un criminel, le dos voûté, le long du mur du couloir, la poche droite de son veston gonflée par la peau de chamois. Il avait là comme une tumeur mal dissimulée et qui le gênait beaucoup. Nul ne le vit sortir.

C'était donc le moment où les visages devaient venir, de tous les coins de la demeure, s'affronter autour de la table de la salle à manger.

Durant le repas, le colonel ne dit mot, le visage comme un torrent à sec. Il épiait Joseph qui mangeait effroyablement, comme d'habitude, et avec un si grand naturel que Bigua commençait à se demander si la disparition de la clé et ce bruit de la nuit précédente avaient vraiment quelque importance.

Il se décida à regarder du côté de Marcelle. Aussitôt, chez la jeune fille, un petit tremblement nerveux de la joue ou de l'œil (mais vraiment il allait de la joue à l'œil, en zigzaguant comme un éclair) avertit le colonel qu'il s'était bien passé quelque chose de grave. Jamais il n'avait rien vu de pareil sur cette peau si délicate. Il brûlait d'envie de demander devant tous à Marcelle si elle n'était pas malade, mais il chassait la question comme impudique.

Pour prendre une décision dans le calme,

Bigua découpa longuement la viande d'Antoine et celle de Fred tout en pensant :

— Est-il vraiment possible que cette enfant que je vis souvent lever sur moi un si candide regard, consente à recevoir ce garçon dans sa chambre? Ce bruit de meuble dans la nuit n'est-il pas le signe d'une résistance désespérée? Ou tombait-il de joie, plutôt, dans la bousculade voluptueuse? Et cette fille ne ressemble-t-elle pas tout bonnement à sa mère? Assez de questions! Assez! Le moment n'est pas venu de donner à manger à ces chiennes affamées. Finissons donc de découper cette viande. Les enfants attendent.

Desposoria semblait ne se douter de rien. On remarquait sur son visage un grand naturel, ce parti pris de naturel si fréquent chez les épouses de nerveux qui semblent toujours vouloir faire croire autour d'elles que tout va pour le mieux dans le plus sédatif des mondes.

— Je ne puis tout de même pas condamner ce garçon sur ce simple tic facial de Marcelle, pensait Bigua.

Mais après déjeuner, comme il rencontrait Joseph dans le couloir, il ne put s'empêcher de lui marcher cruellement sur le pied. Joseph le repoussa avec violence. Troublé par cette bousculade, le colonel se demanda si vraiment il avait fait exprès de maltraiter ainsi ce garçon. Il passa une heure entière à se promener dans le hall, allant d'une pièce à l'autre, dans un silence fortifié, par les créneaux duquel il lançait parfois un regard éperdu, ne voulant, ne pouvant rien dire à personne. Antoine vint lui tendre la main avant de partir pour la promenade. Cet enfant qu'il avait tant aimé, il le considérait maintenant, en face de lui, comme un mannequin de bois à chaussettes et mollets peints. Ce n'était pas la première fois qu'il voyait une affection rasée en lui sans la moindre raison apparente, comme à la suite de quelque secousse sismique de l'âme. De grands pans d'amour disparaissaient à son insu. Et longtemps après, il s'étonnait de voir que là où s'élevait beaucoup de tendresse, il ne restait plus que de la mort. Ah, il se moquait bien maintenant aussi de sa machine à coudre, à laquelle il devait tant et tant de petites joies chaque fois qu'il poussait la pédale avec son pied! Mais pourquoi y pensait-il? Il était vraiment ridicule d'aller de l'image de cet enfant à celle de la Singer.

Resté seul dans l'appartement, après avoir par son insistance forcé Desposoria à sortir, il résolut au bout de quelques instants de se rendre chez un serrurier et de lui expliquer « l'idée de la chaîne retenant la clé de la chambre de Marcelle ». Il ne pensait qu'à ça depuis la veille.

Il réclama une clé forte et une chaîne très solide, double de préférence. Rien ne lui paraissait assez gros.

Il faut que cette enfant ait, le soir en rentrant,

les yeux attirés sur cette chaîne. Quel conseil muet! quel reproche! quelle menace!

— Vous comprenez, disait-il au serrurier, c'est pour une chambre de jeune fille : ces écervelées égarent la clé et il faut pour la retenir quelque chose de solide, une grosse chaîne persuasive, assez gracieuse pourtant, n'est-ce pas?

Le vieux serrurier ne put s'empêcher de sourire dans son épaisse moustache.

Le colonel s'était mordu les lèvres; quelle idée de dire à cet homme qu'il s'agissait de la chambre d'une jeune fille! Pourquoi n'avait-il pas ajouté son nom, dit que c'était la fille d'un prote? etc.

Le colonel eut grand'peur qu'on entrât dans la pièce pendant qu'il s'y trouvait avec le serrurier et qu'il lui passait le marteau, les clous et les vis pour hâter le travail.

Mais nul ne vint. Dès que la serrure, la clé et la chaîne furent à leur place, le colonel pensa :

— Mais toute la maison va en parler! Ou ce qu'il y a de plus grave, c'est que personne ne m'en parlera, même ma femme qui fait chaque matin un tour dans les chambres des enfants. Pourquoi ce silence? On commence peut-être déjà à me traiter comme un malade à qui on ne dit que certaines choses, soigneusement triées parmi une infinité d'autres.

Pourquoi ne pas la changer de chambre? Il faudrait en parler à Desposoria et ce serait reconnaître aux yeux de tous que je suis au courant. Cette clé et la serrure qui la maintient n'en disent-elles pas tout autant? C'est possible, mais je ne veux pas en *parler* à personne. Oui, *parler,* voilà justement ce que je ne puis faire. Mais cette chaîne ne parle-t-elle pas toute seule! Ne se livre-t-elle pas toute la journée à un monologue effroyable dont je fais les frais et qui va finir par ameuter tout le quartier? C'est bien possible. Mais je ne saurais rien dire avec cette bouche que voilà.

Desposoria, qui de sa chambre, assez éloignée, n'avait pu entendre du bruit, comprenait bien que quelque chose d'important et qui pouvait avoir des suites, s'était passé dans la nuit du mardi au mercredi. Bigua, Rose, Marcelle, Joseph lui avaient paru ce jour-là diversement étranges. Rose l'évitait. Marcelle et Bigua ne dirent mot au déjeuner. Joseph bavarda entre les plats bien que nul ne l'écoutât. Tous quatre semblaient ne pas avoir dormi de la nuit. Quels étaient les coupables? Desposoria n'osait interroger les regards. Elle s'occupait à table des jumeaux et d'Antoine.

Dans la journée, l'attitude du colonel accrut encore l'effroi de sa femme sans la renseigner. La fierté de Desposoria l'empêchait d'interroger qui que ce fût. Elle préférait attendre des jours qui allaient suivre les aveux qu'elle ne voulait pas demander.

Et longtemps elle pria sous l'ivoire torturé d'un crucifix espagnol.

Vers la fin de l'après-midi, rôdant nerveusement dans l'appartement, en robe de chambre et avec son melon sur la tête, le colonel trouva sa femme qui priait encore avec ferveur. Sur une commode, devant la statue de la Vierge, il vit quatre bougies allumées.

— Qui est malade ici pour que tu allumes ces cierges? dit-il avec un accent si tragique qu'il fut le premier à s'en émouvoir cependant que sa femme l'ayant entendu approcher, éteignait précipitamment les bougies.

Il n'en fallait pas davantage pour attirer l'attention de Bigua qu'elle eût voulu endormir.

— Personne n'est malade, Philémon. Tu le sais bien. Nul n'est malade, grâce à Dieu. Voilà un an déjà que le médecin n'est pas venu à la maison.

Mais le colonel avait déjà quitté la pièce.

Le soir, Marcelle, avant de se coucher, remarqua à sa porte une clé neuve maintenue par une double chaîne. Elle reconnut là l'œuvre de Philémon Bigua. Elle portait sa signature! Nul homme au monde que Philémon Bigua ne pouvait mettre à exécution cette idée et de cette façon et dans le plus grand silence. Il *savait* donc, lui qui la baisait au front tous les soirs avec tant de timidité et touchait à peine le bout de ses doigts quand elle lui tendait la main. En y réfléchissant elle pensait qu'il avait bien l'air de tout savoir. Cette belle tête, si contrariée, durant tous les instants de la journée! Mais pourquoi n'avait-il pas mis Joseph à la porte, lui si vaillant, si noble!

Marcelle était bien décidée, cette nuit-là, à ne pas laisser entrer son mauvais voisin. Entre eux il y avait maintenant l'expression dramatique du visage de Bigua. Ce fut avec joie qu'elle se verrouilla avant de se déshabiller. Mais Joseph ne tenta rien et se contenta de dire, après avoir frappé doucement à la porte de communication :

— Ne va pas croire que cette installation homérique m'empêcherait d'entrer si j'en avais envie. Ce soir, j'ai sommeil.

Le lendemain, après déjeuner, comme Bigua se dirigeait vers la chambre de Marcelle (sans la peau de chamois, il était trop ému pour y penser), il fut fort surpris d'y rencontrer Rose qui voulut sortir aussitôt. Mais le colonel vit son propre bras qui s'allongeait pour retenir la bonne par la manche. Et il eut le temps de penser : Je vais donc parler! Le moment est-il venu sans que je l'aie senti approcher?

— Rose, n'auriez-vous pas entendu avant-hier un bruit étrange dans l'appartement?

(J'ai commencé à parler, maintenant nul ne sait où je m'arrêterai.)

— Moi, monsieur, je n'ai rien entendu.

— Ah, tant pis, mais ne vous en allez pas, Rose. Que pensez-vous de cette chaîne que vous voyez là, à cette porte?

— La clé a été égarée, dit Rose interloquée

(mais elle ne perdait pas ses esprits), on a peut-être bien fait de retenir la nouvelle avec une chaîne.

— Évidemment, Rose. Je vous remercie. Je n'ai plus besoin de vous. Vous pouvez vous retirer, ma bonne Rose.

— A quoi servent ces demi-interrogatoires? pensa le colonel, jamais je n'en sortirai...

Et il vit ses grandes jambes qui se mettaient à chercher Rose dans l'appartement. Il la trouva cousant dans la chambre d'Antoine.

— Voyons, Rose, vous ne m'avez pas tout dit. Il s'agit de me renseigner pleinement. Vous vous trouvez ici en face d'un personnage considérable, un officier vainqueur qui fut candidat à la Présidence de la République, et qui n'admettrait pas une de ces vérités tronquées, un de ces demi-mensonges, enfin je ne sais quelle affreuse potion fadasse et calmante à l'usage des faibles. Je suis le chef et le juge d'une famille que je me suis *choisie* (il insista sur ce mot) et que je veux saine moralement et physiquement. Mlle Marcelle ne vous a-t-elle pas fait quelque confidence? Quelque confidence sentimentale? Ne s'est-elle jamais plainte à vous des agissements de *quelqu'un?* ou, si vous préférez cette question : que pensez-vous de M. Joseph?

— M. Joseph a dix-sept ans, c'est un âge difficile.

— Dix-huit même et il est fort capable de renverser un meuble au milieu de la nuit sans s'inquiéter des conséquences.

— Ah, Monsieur croit?

— Je commence à en être sûr.

— Mais alors, c'est un scélérat! éclata Rose.

— Rose, vous avez dit une grande vérité! C'est bon, laissez-moi, je n'ai plus besoin de vous.

Quatre heures moins le quart. C'est Bigua qui vient de regarder sa montre. Dans une demi-heure, Joseph sera de retour. Le colonel a pris une décision.

— Que faut-il enfermer dans la valise d'un garçon que l'on met à la porte? Un gilet, une chemise, un caleçon, deux paires de chaussettes. Une image de la Vierge. Faut-il mettre son Gillette? Oui, il le faut. Des pantoufles? Non, c'est du superflu. Pas de papier à lettres, ni de timbres-poste. Rien que l'indispensable. Faut-il ajouter un peu d'argent? Ah! voilà où je m'attendais! Qu'est-ce que j'entends par un peu d'argent?

Et il épingla un billet de mille francs à un gilet de flanelle.

Le colonel attendait Joseph dans le hall où il marchait de long en large, une petite valise à la main. Dès que le garçon eut sonné, Bigua entr'ouvrit la porte, passa la valise et dit :

— Va-t'en, je te chasse!

— Tu aurais voulu être à ma place, dit sourdement Joseph qui ne l'avait jamais tutoyé jusqu'alors.

Le colonel leva le bras pour frapper, mais Joseph, la valise à la main, descendait déjà l'escalier sans trop de hâte et en se retournant, moqueur.

La réponse du garçon avait stupéfié le colonel. On voyait donc ses regards. On reconnaissait sa pensée sur sa figure et qu'il était toujours occupé de Marcelle. Mais c'était peut-être l'expression même de son visage qui avait précipité Joseph et la jeune fille dans les bras l'un de l'autre!

— A tous les diables l'éducateur! s'écria-t-il tout haut dans sa chambre. Mon sacrifice n'a servi qu'à Joseph. Et si je ne me gênais plus! Ma situation, vis-à-vis de moi-même, devient de plus en plus ridicule. Si j'étais le père de cette enfant outragée j'aurais du moins le droit et le devoir d'être furieux de ce qui arrive! Les pères de mon âge viendraient du bout du monde former le cercle autour de ma colère et la partager. Mais s'ils apprenaient, au dernier moment que, loin d'être le père de cette enfant, je ne suis qu'un tuteur jaloux savourant le moindre de ses regards et de ses gestes comme une friandise sexuelle!

Toute la journée du lendemain, le colonel s'attendit à être arrêté sur une dénonciation de Joseph. Il ne fit point part de ses craintes à sa femme, mais elle les avait devinées et, à chaque coup de sonnette, se cachait pour pâlir.

Le soir, Desposoria, seule dans sa chambre, ne put contenir ses sanglots.

Quelle vie était la sienne! Chez elle, un scandale auquel elle pensait que son mari se trouvait mêlé et la crainte d'une descente de police! Voilà où elle en était au bout de quinze ans de mariage cruellement monotones, durant lesquels elle n'avait jamais eu de reproches à s'adresser. Ne poussait-elle pas la pudeur ou les précautions jusqu'à se faire accompagner par le petit Fred ou son frère quand elle allait chez le coiffeur, le dentiste ou le pédicure : toutes les fois qu'elle devait se trouver dans une pièce avec un homme autre que son mari. S'astreignant à s'occuper matin et soir de ces enfants auxquels elle ne parvenait pas à s'attacher, elle ne recevait, ne voyait personne, depuis la mort de la mère d'Antoine (ainsi le voulait Bigua), et sentait presque toujours dans l'appartement la lourde présence de son mari. Celui-ci ne s'occupait vraiment d'elle que cinq minutes par semaine comme s'il éprouvait périodiquement le besoin de s'assurer de l'existence de Desposoria : on eût dit une simple vérification hebdomadaire plutôt qu'un signe de tendresse ou même de sympathie. Le reste du temps, il le passait seul dans sa chambre ou rôdait de pièce en pièce, examinant l'état des commutateurs, ampoules, robinets, filtres, sonnettes, serrures, peignes et brosses à dents, et, depuis le bruit épouvantable de l'autre nuit, faisant jeter dans la boîte à ordures les assiettes et les plats portant la plus légère ébréchure.

Aux repas, Bigua évitait maintenant de regarder Marcelle qui se trouvait de l'autre côté de la table, légèrement à gauche.

— Zone interdite, pensait-il.

Desposoria offrait à son mari deux yeux noirs d'une pureté absolue. Lui, la regardait de temps en temps, afin de puiser dans le licite l'assurance dont il avait besoin pour affronter la dangereuse jeune fille.

Et pourtant, que signifiaient ces cravates trop claires pour son âge et de la soie la plus vive, que Bigua mettait dans la préméditation du matin?

Un jour, Marcelle lui hala si bellement le regard que le colonel se dit : Ah! que me veut-on encore?

— Oui, j'aime Marcelle. Elle va et vient d'une pièce à l'autre. Elle se coiffe, lit, lève un bras, elle avance un pied, elle tourne la tête. Je l'aime. Elle chemine dans l'appartement, elle se regarde dans une glace, elle mange à ma table, elle dort dans une chambre bleue et grise. C'est sa vie. J'aime Marcelle. Qu'y puis-je? Elle me regarde et je la regarde vivre et me regarder. Sa petite blouse est légère. Mon avenir y est contenu qui sommeille et parfois ouvre un œil pour savoir où j'en suis et se refermer.

Quels avaient été les rapports de la jeune fille avec Joseph? Des caresses de pure curiosité? L'attitude et la réponse de Joseph au moment où Bigua l'avait chassé ne semblaient pas laisser de doute sur la nature de leurs relations. Mais n'était-ce pas vantardise du garçon?

Ce matin même, pourtant, elle avait eu une étrange façon de passer sur les lèvres une langue effilée, affilée même, alors que ses yeux allaient légèrement d'un objet à l'autre.

IV

Cependant on mourait beaucoup à Paris depuis un mois. Dans les vingt arrondissements on rencontrait des convois funèbres qui semblaient ne sortir de terre que pour y retourner au pas lustré de hauts chevaux dressés pour la circonstance.

Et ce fut le tour de Desposoria d'être atteinte de la grippe. Bigua se laissait aller à la pensée qu'elle pouvait mourir. Mais parfois, comme pris en faute, il se secouait :

— Elle ne mourra .pas. D'ailleurs, je l'aime de tout mon cœur. Qu'ai-je à lui reprocher ? Qu'elle respire !

Desposoria sentait du fond de son lit quelque chose de très douloureux s'ajouter à sa maladie : la présence de son mari et de la jeune fille dans le petit salon donnant sur sa chambre et dont la porte restait ouverte. Souvent elle les entendait se taire pour mieux se regarder. Quand ils parlaient, leur voix était trouble et fausse, cherchait son véritable timbre et ne le trouvait pas. Alors, de sa chambre, elle dépêchait sa propre angoisse qui se tenait debout dans l'embrasure de la porte comme si elle avait pu *voir*.

Le colonel se disait que sa femme était gravement malade et un jour il prit un petit moment, entre les siennes, la main droite de Marcelle qui le regarda avec une extrême curiosité.

Il pensait : Peut-être ma femme va-t-elle mourir, puisque je me laisse aller à prendre ces mains si blanches entre les miennes, brunes.

Un matin, Antoine et Fred durent s'aliter, eux aussi, avec une forte fièvre.

— Je ne sais comment faire, dit Rose à Bigua, il faudra séparer les jumeaux pour éviter la contagion. Monsieur pourrait peut-être prendre la chambre du fond (elle désignait ainsi celle de Joseph dont le nom n'était plus prononcé dans l'appartement).

— Puisqu'il n'y en a pas d'autre! se contenta de dire le colonel accablé.

Et il pensa : Ce serait un indigne manque de courage de ne pas aller dans la chambre de Joseph.

Il avait appréhendé ce changement avant même que les enfants fussent tombés malades, dès le jour où Desposoria s'était alitée. Devenu le voisin de Marcelle, n'allait-il pas suivre, la nuit, le chemin invisible mais brûlant que Joseph avait tracé d'une chambre à l'autre?

Tout de suite après le déménagement de ses

effets il rencontra Marcelle dans le couloir et lui dit, d'une voix bouleversée, comme s'il lui eût juste demandé le contraire :

— Fermez à clé votre porte cette nuit, Marcelle. Il faut qu'une jeune fille ferme toujours sa porte à clé la nuit, n'est-ce pas?

— Je le fais quand j'y songe, dit-elle avec un rire qui, dans un dégradé des plus jolis, devint peu à peu un sourire luisant de plaisir.

— Songez-y, Marcelle, songez-y, dit le colonel fort ébranlé et du ton le plus sévère. D'ailleurs, c'est un ordre. Je veux dire que c'est une habitude indispensable. Il s'agit d'être raisonnable et croyante. Le reste vient tout seul. Il n'y a plus qu'une seule bonne chose à faire et on la fait. Allons, serrons-nous la main comme de vieux camarades.

Le soir, le colonel se retira dans sa nouvelle chambre. Longtemps, il attendit pour savoir si la jeune fille allait bien fermer sa porte à clé. Mais Marcelle devait lambiner merveilleusement et ne se défaire que peu à peu de ce précieux linge qui touchait son corps. Elle était dans sa chambre depuis une demi-heure et n'avait pas encore mis ses souliers à la porte.

Voilà qu'elle s'y décidait enfin.

Et qu'elle rentrait dans sa chambre, fermait sa porte.

Sans qu'il y ait eu le moindre bruit de clé tournant dans la serrure.

Que faisait-elle? Que faisait-elle toute seule? Mais, au fait, connaissait-elle le maniement de la serrure? Ne fallait-il pas aller le lui expliquer tout de suite? Idée absurde! Marcelle n'était pas stupide! Au surplus, elle était sans doute à moitié déshabillée et c'était bien le moment de lui faire une démonstration de clôture de porte!

Tout espoir n'était pas encore perdu. Peut-être comptait-elle sortir dans un instant de sa chambre pour aller chercher un livre dans la bibliothèque du petit salon, comme cela lui arrivait parfois. Elle ne refermerait la porte qu'à son retour.

Mais voilà que Bigua, dont les oreilles étaient visiblement tendues vers toute possibilité de bruit venant de la pièce voisine, entendit la jeune fille tourner le commutateur. Elle allait donc s'endormir (ou penser à lui dans le noir) avec sa porte non fermée à clé. Il pourrait pénétrer dans la pièce sans que Marcelle opposât la moindre résistance. Certainement elle *l'attendait*. Avez-vous compris ce que cela veut dire?

Bigua commença de se déshabiller lugubrement, comme un homme dont on a refusé la grâce et qu'on va fusiller : et il sait déjà exactement où le frapperont les douze balles.

Il passa une robe de chambre et s'allongea sur son lit sans se résoudre à se dévêtir complètement. La pièce, habituée depuis le départ de Joseph à des nuits inhabitées, sentait en soi la

présence d'un homme venu de loin pour y souffrir.

La jeune fille bougeait parfois dans son lit.
Bigua qui l'entendait, songeait à se lier les jambes
avec des lassos appendus au mur. Mais il chassa
cette idée comme avilissante. Les lèvres sur l'oreiller, il se plaignait faiblement. Fallait-il être arrivé
à son âge pour avoir ainsi horreur de lui-même,
et de sa virilité!

Il alluma. L'obscurité lui était devenue insup-
portable.

Cependant Marcelle, dans une fine chemise
qui sentait encore l'armoire et déjà le plaisir,
s'était assise sur son lit. La blancheur du linge
et des draps ne pouvant rien contre l'obscurité
profonde de la chambre, parfois, pour avoir
l'impression d'y voir un peu clair, elle toussotait
avec coquetterie.

Le bruit que faisait le colonel la portait à croire
qu'il préparait une entrée diabolique. Elle le sup-
posait brûlant des herbes mystérieuses ou se
retournant brusquement pour regarder l'avenir
dans du marc de café. Cet homme devait se dro-
guer, pensait-elle. Elle l'imaginait s'injectant un
liquide qui l'enflammait et se jetant sur son lit
comme une torche désespérée.

Bigua s'était recouché. Bien qu'aucun bruit
ne parvînt maintenant de la pièce voisine, il se
bouchait les oreilles ou s'enfonçait les ongles
dans les cuisses où ils pénétraient misérablement.

Le silence tombait du haut du ciel comme une cascade vertigineuse, traversant de part en part la Terre, sans rencontrer la plus légère résistance.

Bigua éprouvait qu'il perdait le sentiment de la responsabilité, comme par une large blessure.

Il mordait et remordait son oreiller depuis un long moment quand, tout d'un coup, terrifié, il se précipita, pieds nus, dans le couloir, vers le fogon où couchait Narciso. Le nègre, sur son lit de sangle, dormait, la tête posée sur son bras nu. Philémon le réveilla.

— Viens dans ma chambre, dit-il, je ne vais pas très bien. Je préfère ne pas être seul. Nous porterons ensemble ton matelas.

Le nègre remarqua que son maître avait, parmi la touffe de ses cheveux très noirs, de grandes flèches de givre.

Depuis une heure, ses cheveux s'étaient mis à blanchir avec une incroyable rapidité. En passant devant la glace murale de sa chambre, le colonel avait bien cru remarquer que sa chevelure étincelait, mais il n'avait pas discerné qu'elle était en train de devenir blanche.

Voilà le matelas de Narciso, le matelas gris et blanc, ahannant et faisant le gros dos dans le long couloir. Toute cette laine emprisonnée ne voulait pas avancer, se faisait lourdement prier. Narciso avait voulu la charger sur ses épaules, mais Bigua tint à l'aider et chacun la prit fraternellement par un bout. Cela glissait dans les mains et faisait mal aux doigts. Les deux hommes éprouvaient à la naissance des ongles une menace d'arrachement.

Le colonel, par signes, suppliait le nègre de ne faire aucun bruit. Il fallait passer devant le radiateur qui gênait l'avance, puis, tout contre la chambre de la jeune fille. Celle-ci entendit le matelas qui frottait du museau contre sa porte.

— Y a-t-il quelqu'un de souffrant? dit-elle d'une voix inquiète.

Narciso regarda le colonel, qui, d'un geste, lui demanda de ne pas ouvrir la bouche.

Le silence se refit, mal à l'aise, sur cette interrogation demeurée sans réponse. Marcelle se leva et devina par le trou de la serrure, les deux hommes et le matelas. Puis elle s'enfonça profondément dans son lit et finit par s'endormir d'un sommeil découragé. Jamais elle ne parviendrait à comprendre cet homme.

Le colonel fit coucher Narciso dans sa chambre, en travers de la porte. Il l'aida à préparer la couche, s'inquiéta s'il avait assez de couvertures et l'obligea à placer son propre poncho sur le lit improvisé.

Le lendemain, de bonne heure, il disait à Narciso :

— Mes instructions sont les mêmes pour ce soir. Ton matelas contre ma porte, je puis avoir besoin de tes services.

Rassuré d'avoir pris cette résolution, le colonel

alla faire sa toilette et s'aperçut que ses cheveux étaient devenus blancs durant la nuit.

Comment se présenterait-il devant les siens avec cet aveu éclatant sur la tête? Quel besoin avait-il eu de se fabriquer tous ces cheveux blancs, de faire étalage d'une douleur qu'il aurait dû laisser au plus obscur de lui-même?

Toute la matinée, il resta dans sa chambre, puis s'assit à table, muni et comme protégé de son chapeau melon. Nul ne s'inquiéta de lui. On était habitué à le voir errer ainsi dans l'appartement. Puis, soudain, agacé de manger avec cette gêne sur la tête, Bigua, dans un geste d'une effrayante simplicité, posa silencieusement son chapeau sur le tapis et garda les yeux baissés durant le reste du repas.

Il y avait une telle grandeur, une telle souffrance sur ce visage que les enfants, effarés, n'osèrent rien dire.

Bigua trouvait une espèce d'apaisement dans son visible martyre. Mais il lui restait encore à montrer ses nouveaux cheveux dans les autres pièces de l'appartement. Il lui fallait les produire dans le hall, le salon, et jusque dans la chambre de sa femme.

Comme Desposoria, malgré son immense surprise, feignait de ne voir en lui rien d'anormal, Bigua se pencha sur sa couche et l'embrassa à travers des larmes brûlantes dont il n'aurait su dire si elles venaient de lui, d'elle, ou de la Destinée.

V

Cependant, Marcelle se détournait de Bigua
pour passer la journée avec Antoine, alors âgé
de onze ans. Ses devoirs terminés, l'enfant allait
la retrouver au petit salon et ils jouaient ensemble
jusqu'au dîner.

Antoine prenait plaisir à se vieillir en collant
sur son visage une petite barbiche frisée.

Marcelle adorait l'étrangeté de ce nouveau
visage, le contraste des yeux enfantins cherchant
à suivre le menton dans son aventure virile. Mille
contradictions charmantes sous le signe du mensonge. Ces poils qui s'avancent sur les joues
veulent en avoir raison malgré une peau toujours
colorée par l'enfance. Ils voudraient gagner l'âme
même du garçon. Ils en prennent le chemin, et
qui les arrêterait? Marcelle voyait devant soi ce
visage incompréhensible comme une phrase dont
on aurait mélangé tous les mots dans un chapeau.
Elle admirait l'ahurissement de ces lèvres envahies,
faisant poil de toutes parts. Mais les yeux enfantins n'ont jamais paru plus clairs! Les paupières

aussi, quand il les abaisse, témoignent d'une virginité aussi brillante, rêveuse et cadencée que les iris qu'elles cachent. Et ce nez encore incertain, va-t-il tarder à choisir sa carrière?

Lorsque Antoine apparaissait au salon, Marcelle se tournait vers lui. Bigua ne pouvait se montrer jaloux de cet enfant et le laissait pénétrer dans l'intimité de son existence, avec sa fausse barbe frisée. Amour fraternel, amour filial, amour paternel, amour amoureux, on vous trouvait tous dans ce grand salon sud-américain, aux portes ouvertes, aux volets clos. Et voilà qu'un jour, Antoine, qui a longtemps joué aux barres au Bois, le matin, s'assoupit avec sa barbiche dans la bergère du salon. Marcelle est près de lui dans la même bergère. Le colonel aux cheveux blancs voit que l'enfant tient dans son sommeil la main de Marcelle. Il les sépare dans le plus sérieux silence, ce qui lui vaut, de la jeune fille, un regard étrange et ces paroles murmurées :

— Pourquoi faites-vous ça?

— Parce que je vous aime tous les deux, dit Bigua, qui n'était pas très sûr de la pensée qu'il avait voulu exprimer. Mais au bout d'un instant, il songea : « Je pensais à Joseph. »

Ce geste, machinal, surprit le colonel lui-même. Il ne se croyait pas jaloux d'Antoine.

Bigua, assis au salon en face de Marcelle, suit du regard les formes délicates de la jeune fille.

— Mais est-ce là, à la ceinture, un défaut de la robe? Non, ce n'est pas un défaut de la robe! C'est Joseph qui est encore là! Mais Marcelle est presque une enfant, elle n'a même pas l'âge! Et Joseph l'avait-il seulement? Mais c'est une horreur horrible! Médecins de l'État civil, approchez-vous! Prenez votre temps. N'est-ce pas ainsi que sont les jeunes filles qui n'en sont plus? Faites le nécessaire avec calme. Je m'engage à me détourner durant l'examen.

Il se lève, en proie à une grande agitation, va fermer la porte de la chambre de sa femme puis se tait : il se tait activement, en dévorant une foule de paroles, les unes chevauchant les autres. Il quitte la pièce non sans avoir regardé encore du côté de cette ceinture inquiète.

Marcelle l'a vu qui l'examinait et c'est dans les bras d'Antoine qu'elle s'est mise à sangloter.

— *Donc,* Marcelle est enceinte, se dit le colonel qui vient de se retirer dans sa chambre. Et moi qui hésitais à la regarder trop longtemps comme si j'avais eu peur de la féconder à distance! Et la voilà, maintenant, qui promène une nouvelle vie d'une pièce à l'autre et va dans les rues de Paris et s'arrête aux devantures des magasins et reprend sa route!

Un enfant va naître dans la maison. Vous voyez bien que le bonheur n'est pas fait pour Philémon Bigua.

Où va-t-il le colonel? Voilà qu'il retourne au

salon, ouvre la porte, et, regardant Marcelle avec une pitié, une terreur, un sentiment paternel qui le disputent à l'amour, se plante là, tout droit et tout près devant elle, sans un mouvement, avec le silence des grandes Pyramides. Marcelle se dresse et veut s'éloigner.

Le colonel la prend dans ses bras et l'étreint. Sa haute tête dépasse en entier celle de la jeune fille et retombe sur la nuque de celle-ci. Étrange! Marcelle ne sait plus, tout d'un coup, si c'est pour la consoler que le colonel la serre ainsi dans ses bras. L'enfant, entre eux, semble tressaillir. Peut-être tressaille-t-il vraiment. Alors le colonel donne à la jeune fille un long, farouche, puis infiniment tendre baiser sur sa bouche humide et salée de larmes aveugles. Mais il recule. Lui avait-il fallu attendre pour donner ce baiser que cette ceinture tremblât du fait d'autrui?

Le lendemain, au salon, Bigua songeait : « Sotte petite fille! Mais c'est ainsi que je l'aime. Présente et séparée. Je vais pouvoir la regarder sans crainte. »

On frappait à la porte. C'était la négresse Narcisa, qui, afin d'éviter les courants d'air, passait par le salon pour se rendre dans la chambre de sa maîtresse. Elle cachait quelque chose dans un foulard de soie : un peu d'herbe du Square Laborde, destinée à remplacer des plantes de son pays et dont l'application, autour du cou de Desposoria, devait, pensait-elle, amener sa guérison.

Comme la femme de Bigua allait un peu mieux, Philémon pensa qu'il fallait lui faire part de la naissance prochaine de l'enfant. D'un coup d'œil il avait jaugé sa capacité de souffrance, et conclu qu'elle était assez forte pour supporter le choc.

Au moment où il va commencer à parler, Bigua se dit que sa femme va peut-être s'imaginer que c'est lui le père de l'enfant à naître. Alors, il se trouble, reste bouche bée, comme pour faire respirer encore une fois l'homme qu'il va cesser d'être dès qu'il aura parlé. Desposoria le regarde avec la douceur que sait mettre dans son regard une compagne de longue date. Le colonel a compris qu'elle n'éprouve aucune inquiétude. Alors il commence sa phrase avec naturel et la poursuit presque triomphalement.

— Tu ne m'apprends rien, mon ami. Il y a plus de quinze jours que je m'en suis aperçue.

Et elle ajoute :

— Je suis un peu coupable. Je n'aurais jamais dû laisser ces enfants dans des pièces contiguës.

— Et moi! moi! dit le colonel, moi qui ai été la chercher chez sa mère pour que cela se passe sous mon toit!

— Chut.

— Oui, chut. Chut, jusqu'à la fin des âges!

Et au bout d'un instant, Bigua reprend avec une expression d'affreuse joie qui fait peur à sa femme :

— C'est un événement dont nous devons tous

ici nous réjouir et toi la première! mon épouse chérie, car je t'aime de tout mon cœur.

Desposoria, gênée par la transparence de l'aveu et la fixité du regard de Bigua, parla vite d'autre chose.

Quelques instants après, le colonel disait à Narciso :

— Ce soir, tu ne coucheras pas dans ma chambre. Je n'ai plus besoin de toi, mon ami. Sais-tu qu'un enfant va naître à la maison? Je ne puis encore t'en dire davantage, mon fidèle Narciso, mais sache que le nouveau venu doit être infiniment honoré!

Un enfant va naître chez moi! songeait Philémon, revenu dans sa chambre. Cet appartement, dont je croyais la stérilité à toute épreuve, va donner le jour à un être vivant! Et Bigua s'obligeait à envisager la naissance de cet être comme la récompense d'une longue attente.

— Sans que j'aie eu de fils ni de fille, j'ai l'impression qu'on est en train de me préparer quelque chose comme un petit-fils et que ce travail on ne me le montrera qu'achevé, à son point de perfection.

L'incompréhensible colonel commençait à agacer Marcelle. Ne se réjouissait-il pas ouvertement de la voir dans cet état. Il disait :

— Je n'ai plus besoin de retourner en Amérique. On peut trouver le bonheur au Square Laborde.

VI

Un jour, comme il prenait le maté au salon en face d'Antoine et de Marcelle, celle-ci fut prise d'un tel fou rire qu'elle ne parvenait même pas à se cacher le visage dans ses mains.

— Va boire deux gorgées d'eau sans respirer, lui dit Bigua qui croyait qu'on pouvait arrêter cet accès par les moyens employés pour le hoquet.

Le fou rire redoubla de violence.

Bigua eut alors l'impression très cruelle qu'il y avait quelque chose d'insolite dans sa tenue. Aussitôt, il pensa à ce qui pouvait, en ce moment même, lui donner le maximum de ridicule à ses propres yeux et à ceux de Marcelle, et à ceux de l'Univers, toujours présent quoi qu'on dise.

Et c'était justement *cela* qui venait de se produire.

Jetant un regard sur sa personne, Bigua vit qu'un peu de peau apparaissait, discrètement mais sans contestation possible, entre deux boutons de son pantalon.

Il se leva et s'enfuit beaucoup plus rouge que le fer rouge. Ce ne fut que derrière la porte du salon qu'il mit ordre à sa toilette. Presque aussitôt, il entendit claquer la grande porte du palier.

Il s'enfuyait précipitamment, comme poursuivi.

Il héla un taxi. Au froid du soir, il s'aperçut qu'il ne portait pas de chapeau.

— Chauffeur, chez un chapelier.

Dans le taxi il s'injuriait.

Au sortir de chez le chapelier, le colonel éprouva que la rougeur de tout à l'heure demeurait entière sur son visage : le miroir étroit de la voiture semblait n'être là que pour révéler à Bigua la permanence, la pérennité peut-être de cette honte.

— Traversez Paris à vive allure, dit-il au chauffeur. Ne vous arrêtez que quand je vous le dirai.

Je ne rentre plus chez moi. Il y a du grotesque sur moi pour *plusieurs générations*. Je n'ai pas d'enfants, me direz-vous. Tant pis, arrangez cela comme vous voudrez. La colère supplante en moi la logique aujourd'hui. Il y a temps pour tout! Je ne me présenterai plus jamais devant Marcelle, ni devant Antoine, ni devant moi-même. Tant que le taxi roulera, il y aura, du moins, une bonne moitié de moi qui sera tranquille.

Il parlait à haute voix, gesticulait, ne se gênait plus. Devant l'octroi de Vincennes, Bigua dit au chauffeur :

— A la Porte Maillot, et plus vite que ça!

Puis il se rendit aux Buttes-Chaumont, à Mont-rouge, aux Batignolles.

Il se crut obligé de confier au chauffeur, en cours de route, par la portière :

— Je suis étranger et désire connaître Paris.

Et il pensa tout de suite : « Quel besoin toujours de me justifier! »

Cette traversée de la ville en tous sens dans l'espoir de dépasser sa pensée, de la doubler, finit par donner à Bigua un peu de calme.

Au bout d'une heure de fuites dans l'enceinte fortifiée, il téléphona chez lui qu'il ne rentrerait pas dîner, qu'une affaire très importante le retenait. Affaire très importante! Mais ma tenue est en ordre maintenant, je pourrais aller n'importe où, et même à l'Élysée! Tant pis, je ne rentre pas! Quand on a vérifié cette chose trente fois de suite et qu'on n'est pas tranquille, il y a des chances pour qu'on ne le soit plus jamais, même nu dans sa baignoire, et la porte soigneusement verrouillée!

Enfin il décida d'aller dîner et passer la soirée avec le père de Marcelle.

La concierge du prote dit à Bigua qu'il venait de sortir et devait se trouver au petit restaurant qu'elle lui désigna, au coin de la rue Lepic et de la rue des Abbesses.

— Pourvu qu'il n'ait pas commencé à manger

et que je puisse l'emmener faire un repas considérable!

Le prote prenait le potage. Le colonel le voyait de dos, à un bout de la salle.

— N'est-il pas trop tard pour intervenir? Un homme qui a déjà mangé son potage montre par cela même qu'il a bien l'intention de ne pas dîner ailleurs ce soir-là. Ne vaudrait-il pas mieux attendre à demain pour l'inviter? Attendre à demain? Est-ce que mes pensées sont capables d'attendre! D'ici là, elles me mangeront cru! Puisque je n'oserai plus, de toute la soirée, et peut-être de toute ma vie, me présenter devant Marcelle, permettez-moi du moins d'offrir à dîner à son père, lequel ne sait rien de ma déplorable aventure. Appeler cela une aventure, cette misère! Et comment voulez-vous que je l'appelle? Je prends le mot qui se présente à moi.

Mais la bonne était là qui demandait à Bigua s'il allait dîner.

— Non, je ne vais pas dîner. J'ai besoin de parler à Monsieur, dit-il à voix extrêmement basse, puis, à pas de loup, il s'approcha du prote et le toucha à l'épaule, mais si légèrement que celui-ci ne s'aperçut de rien.

Bigua resta là cinq secondes, son index tendu touchant presque l'épaule d'Herbin. Il se demandait encore ce qu'il allait faire lorsque, se voyant observé par la bonne, le colonel dit à haute voix :

— Bonjour, cher ami.

Le prote sursauta.

— Oh, je vous en prie, dit Bigua en l'obligeant à se rasseoir. J'étais venu vous chercher pour dîner avec vous. Mais je vois qu'il est trop tard, vous avez déjà mangé votre potage.

— Oh, j'ai mangé mon potage, j'ai mangé mon potage, dit le prote sur un ton qui devenait peu à peu profondément dubitatif, comme si ce n'était pas là du tout quelque chose de sûr. Comme si le potage lui-même ou ce qui en restait dans l'assiette devait aussi douter de sa propre existence et se croire hors-d'œuvre ou entrée ou desserts variés. Ou même rien du tout : un potage chez les morts.

— C'est à peine si j'ai commencé à dîner et je suis tout à votre disposition. Je viens ici tous les jours et les patrons de l'établissement ne se froisseront pas si je termine mon repas ailleurs.

— Non, mais vous?

— Voyons! mon colonel, pas le moins du monde. Que sont six cuillerées de potage qui ont glissé dans mon estomac par le conduit de mon œsophage? Je prétends qu'elles ne sont rien du tout, dit le prote, riant. Je n'ai pas fait de pacte avec les plats à venir. Je suis un homme libre et grâce à vous, ajouta-t-il avec quelque bassesse.

Peu d'instants après, ils se trouvaient dans un grand restaurant.

Au moment de commencer à dîner, le prote,

qui cherchait visiblement à dire quelque chose de très aimable :

— Vous ne vous imaginez pas le soulagement que c'est pour moi de savoir ma fille chez vous en lieu sûr. Je n'ai plus qu'elle au monde.

— Il n'y a pas de lieu véritablement sûr, même sous terre où l'on viole des sépultures.

Le colonel ne se sentait plus aucune pitié pour cet homme qui allait commencer un excellent dîner et il le dévisageait avec cruauté. Son malheur, son découragement réclamaient autour de lui une véritable zone de souffrance.

— Voilà donc en face de moi, pensait-il, le père de Marcelle que j'aime plus que tout au monde et qui m'échappe de jour en jour puisque tout m'échappe et que je me verrais condamné à une solitude infernale, même si je volais les uns après les autres tous les enfants de la terre.

Voilà donc un prote que j'ai guéri de l'alcoolisme et à qui je fais boire ce soir des vins étonnants en attendant les liqueurs. C'est ainsi qu'il est fait ce prote; et il ne pouvait être autrement! Col en celluloïd, cravate marron, l'air infiniment prote, et ces rides frontales qui voudraient en dire plus long qu'elles n'en disent, en vérité.

— Savez-vous pourquoi nous sommes là, tous deux, mon cher ami? C'est parce que la vie en France devient impossible. Il arrive un moment où il faut changer de plafond, même céleste. Je vais repartir pour l'Amérique. J'avais besoin de vous le dire.

En réalité, l'idée du voyage s'était présentée à l'esprit de Bigua au fur et à mesure qu'il parlait, comme une terre lointaine à un navire qui avance. Et le colonel éprouvait, tandis que les mots sortaient de ses lèvres, qu'il mentait de moins en moins, ou si l'on préfère, que ce qui était mensonge durant les premiers mots était en train de devenir vérité pure, sans aucun alliage suspect.

Durant le silence qui suivit ses paroles, l'Américain pensait : Marcelle s'imagine qu'elle va pouvoir rire tranquillement de ma stupide distraction de cet après-midi. Eh bien, il va lui falloir faire ses malles! Et Antoine aussi, et tout le monde, même les serviteurs noirs ou blancs. Peu importe leur couleur! Que tout le monde plonge dans les malles et les armoires! Qu'on ne pense plus à autre chose. C'est décidé. Toutes les chemises vont changer de place. Et il en sera de même pour les pantalons et pour mon frac. Et nous suivrons silencieusement nos bagages dans un grand port de France!

Le prote crut devoir faire poliment quelques difficultés. Sa fille était de santé un peu délicate. Le climat de l'Amérique était-il suffisamment sain pour elle?

— Mais la ville de l'Amérique du Sud où nous irons est, avec le Cap et Wellington en Nouvelle-Zélande, la plus saine de l'hémisphère austral.

D'ailleurs vous pourrez venir, ajouta Bigua, qui, au son insolite de ce *d'ailleurs,* comprit qu'il était de trop et qu'il répondait seulement à la pensée devinée du prote et non à ce que celui-ci venait de dire.

— Oh moi, fit modestement Herbin, pourvu que j'aie l'impression de ne pas être tout à fait inutile.

— Vous ferez ce que vous voudrez, cela va de soi. Il ne m'est jamais venu à l'esprit de vous faire agir le moins du monde selon mes désirs ou contrairement aux vôtres, si vous préférez.

Il pensait : Drôle d'idée de vouloir emmener aussi le père avec nous, de lui fourrer le nez dans cette histoire, quand ce serait si simple de ne pas l'inviter et qu'il n'apprît *la nouvelle* que longtemps après, refroidie par vingt jours de voyage. Pourquoi annexer à notre exode ce père, ce champignon non vénéneux? Est-ce parce que j'estime que l'accident de sa fille ayant eu lieu dans un milieu foncièrement honnête, cela n'a plus aucune importance? Mais au fait, songea Bigua, avec une glaciale netteté, l'homme qui mange en face de moi et dont je touche le pied véritable dès que j'avance un peu le mien, cet homme ne sait absolument rien de l'événement qui me tourmente de ce côté de cette sole Mornay que je suis en train de lui servir. Le moment n'est-il pas venu de le renseigner?... Mais il y a une autre question : Ne serait-il pas indigne de ma part de débarquer avec cette fausse jeune fille chez ma mère à Las Delicias? Quel cadeau à faire à toute ma famille!

Mais l'idée du voyage était déjà lancée, elle avait une vie indépendante de la volonté de Bigua, il se proposait de la laisser faire, reconnaissant sa vieille tyrannie tandis que le prote continuait à parler et que Bigua ne l'écoutait pas, tout en le regardant dans le fond des yeux.

Le prote se tut pour boire.

— Vous êtes un homme admirable, reprit Bigua, et c'est très bien à vous de vous être demandé tout à l'heure si le climat de Las Delicias conviendrait à votre fille.

Bigua oubliait que c'était là une question réglée et qui ne demandait plus de commentaires.

Mais Herbin avait repris la parole et disait n'importe quoi tandis que le colonel rêvait parallèlement :

— J'estime qu'il y a urgence à s'en aller. Grâce aux robes des couturières parisiennes on ne s'apercevra de rien là-bas à notre arrivée. Une fois à Las Delicias il sera toujours temps de pourvoir. Je l'enverrai dans une estancia au moment opportun.

— Oui, mon cher ami, dit chaleureusement le colonel en prenant la main du prote par-dessus la table. (Il était tout à fait ravi à l'idée d'envoyer Marcelle accoucher dans une estancia.) Nous partirons tous ensemble. Vous venez avec nous.

Il le faut. Vous verrez quel pays là-bas, quel ciel, quelles plaines, et cette grandeur dans le paysage! J'ai honte d'insister. C'est dans toutes les géographies. Mais je suis, aujourd'hui, singulièrement repris par tout ce qu'il y a d'américain en moi.

Bigua redemanda du Pommard. C'était leur troisième bouteille.

— Parfois, en plein Paris, au milieu d'une conversation fraternelle comme celle d'aujourd'hui, ne vous étonnez pas, mon cher ami, si, entre mes paupières, apparaît un regard surprenant qui vient de faire 12.000 kilomètres. Il accourt avec une vitesse prodigieuse du fond de l'Amérique du Sud.

Bigua pensa : C'est l'Américain qui a volé les enfants. Cela ne fait aucun doute.

Il continua :

— Plus grand et plus large d'épaules que mon moi européen, l'Américain pèse 6 kilos de plus, vit au grand air, ne craignant pas l'alcool et plein d'immodestie. Habitué aux immenses étendues, il considère les passants du Square Laborde et des rues de Paris, en vous exceptant, bien entendu, comme un troupeau de buffles dispersés qu'il pousse droit devant lui. Tandis que mon moi français, celui qui s'est formé peu à peu de ce côté de l'Océan, se confond en excuses, assurances et protestations de toute sorte.

Longtemps le colonel parla.

Le prote riait, et se taisait, riait de nouveau,

se demandait vraiment quelle attitude il lui fallait prendre.

Ils avaient fini de dîner. L'addition était payée depuis un moment et Bigua ne se levait pas. Il n'avait toujours pas fait connaître à Herbin l'état de Marcelle.

— Votre fille est bien charmante, dit-il tout d'un coup après un silence. Ah! A propos, savez-vous que j'ai mis Joseph à la porte? Vous n'imaginez pas la grossièreté de ce garçon!

— Vraiment, dit Herbin sans aucune inquiétude.

— J'aurais bien des choses à dire à ce sujet.

Et il allait parler quand le prote se mit à le regarder fixement et, pour se donner une contenance, se moucha. C'était un mouchoir d'une éblouissante propreté. Et si blanc que l'aveu de Bigua s'arrêta au bord de ses lèvres.

Le colonel se leva et les deux hommes sortirent sans dire un mot. Ils se séparèrent devant la porte de l'établissement en échangeant du feu pour une dernière cigarette. Comme ils tenaient encore leur chapeau à la main, leurs fronts congestionnés se touchèrent et le colonel recula subitement comme s'il eût craint de révéler, par ce contact, le secret qu'abritait son os frontal.

Rentrerait-il chez lui? Directement, ou après être allé voir des femmes? Que la rue était grande et affamée ce soir!

— Entrons ici, pensa Bigua, en passant dans une

rue obscure, devant une maison trop eclairée, à la porte entr'ouverte. Au moins là, je suis sûr d'avoir raison.

Bigua est de retour chez lui, vers deux heures du matin.

— Voici les murs de chez moi, le plafond de chez moi, le parquet de chez moi. On ne pense pas assez à ces choses qui nous protègent si humblement mais si sûrement de l'infini qui nous entoure. Des enfants dorment ici. Et celui qui n'est encore qu'un embryon dort aussi. Mais peut-être réveille-t-il sa mère tout d'un coup pour savoir s'il n'y a rien de nouveau de par le monde des hommes.

Il entendit quelque chose qui ressemblait à une voix de femme. Desposoria, du fond de sa chambre, venait de l'appeler pour la troisième fois. Elle avait épié son retour, dans l'angoisse.

— Mais d'où viens-tu si tard?

— Je suis allé acheter un chapeau.

Puis, au bout d'un silence :

— J'ai rencontré le prote et nous avons dîné ensemble. Et toi, que deviens-tu, demanda-t-il à sa femme, du ton dont il se serait adressé à un camarade retrouvé au bout de plusieurs années.

— Mais je suis alitée depuis trois semaines, dit-elle avec un calme où tremblait un léger reproche.

— Ah, je suis bien coupable!

Bigua se jeta au pied du lit de sa femme. Il laissait entre les siennes sa main droite qu'il lui avait confiée en entrant dans la pièce et qui sentait encore la maison close.

Et tandis qu'elle lui caressait ses cheveux blancs, exténué et rassuré, trop rassuré, il s'endormit sur la descente de lit, et, un bon moment, alors qu'elle le croyait encore éveillé, elle ne caressa plus que son sommeil.

Quelques secondes après, il se réveilla juste pour dire, sans lever la tête, mais fort distinctement :

— Dès que tu seras entièrement rétablie, nous partirons pour l'Amérique.

Et il se rendormit, profondément, cette fois.

La semaine suivante, comme Bigua venait de prendre les billets pour Las Delicias, il trouva sur le palier sa femme qui guettait son entrée dans l'appartement.

Elle portait sur son visage amaigri, mais toujours beau, l'annonce d'une nouvelle dont le colonel n'aurait su dire si elle était bonne ou mauvaise.

— Marcelle a été souffrante tout à l'heure, dit-elle, pendant qu'elle préparait sa malle. Mais rien de grave précisément. Toutefois..

— Toutefois?

— Il ne naîtra pas d'enfant à la maison. Dieu l'a voulu et je n'ai pas attendu ton retour pour l'en remercier de tout mon cœur.

Bigua ne dit mot et s'enferma dans sa chambre pour savoir ce qu'il fallait vraiment penser de cette nouvelle.

VII

Le colonel, surexcité par l'air marin, aurait voulu que ses enfants manifestassent davantage leur joie de se trouver sur un transatlantique.

— Êtes-vous contents, êtes-vous assez contents?

Il ne savait s'il fallait donner à ces phrases un air interrogatif ou exclamatif, tant le visage des enfants témoignait d'indifférence.

— On n'est jamais autour de nous si heureux ni si malheureux que nous le voudrions.

Et pourtant, comme la mer puérile, riche en jeux, en étourderies, lui paraissait bien servir de cadre à des enfants! Il ne devrait y avoir que de jeunes yeux pour la regarder, songeait-il. Comme doit souffrir toute cette écume dans son extrême fragilité, quand ce sont des hommes faits et de vraies femmes qui la dévisagent. Et si ce bateau était uniquement peuplé d'enfants que j'aurais arrachés à la stupidité de leurs parents! D'un bout à l'autre des cordages, un grand pavois de petits êtres volés, baignant dans un bonheur purement maritime! Mais il était justement une fois un bateau de ce genre et j'en étais le capitaine...

A ce moment, Marcelle passa devant Bigua sans le voir. Elle regardait au loin et portait une robe blanche. Jamais elle ne lui avait paru plus jeune, plus délicate.

— Entr'acte, entr'acte, je vous en prie! Respectons la trêve de l'Océan! Je ne veux plus être qu'un homme de haute mer ayant complètement perdu la mémoire de l'amour!

Et il se leva pour aller regarder les vagues se former et se déchirer sous ses yeux.

Un long moment, le mouvement des flots lui tint lieu de pensée. Il avait l'impression de ne réfléchir que par vagues, écume, éclaboussures et marsouins surgis de l'eau et irrémédiablement disparus. Il songeait à tous les voyageurs appuyés comme lui à la lisse, à leurs milliers de désirs confus, flèches ingrates lancées jour et nuit et qui tombent les unes après les autres, à des distances inégales, dans l'eau salée, sans atteindre l'horizon.

Au sortir de cette rêverie sur la mer, où le regard glissait sans rencontrer de butoir, Bigua retourna dans sa cabine (sa cellule, pensait-il), et s'allongea sur sa couchette.

Il regardait la glace carrée au-dessus du lavabo. Elle lui sembla extraordinairement carrée. La poignée de la porte offrait un ovale parfait, absolu. La carafe apparaissait avec impétuosité. Le flacon de dentifrice, le blaireau, la brosse à dents semblaient s'élancer, sauter hors d'eux-mêmes. Leur volume triomphait. La peinture blanche de la cabine, sous la trépidation de l'hélice et la lumière du large, possédait une importance et une blancheur incroyables, à quoi elle n'aurait jamais pu prétendre sur terre. Tous les objets avaient la force et la volonté de s'affirmer qu'on remarque dans le trompe-l'œil de certaines chromos. Ils disaient à la mer : Nous existons. Je ne suis qu'une carafe de série, semblable à tant d'autres, mais, même au milieu de la mer, au-dessus du gouffre de Romanche, j'existe, j'existe, j'existe.

— Et toi?

— Moi? Je suis un homme qui va en Amérique, qui va de plus en plus en Amérique!

Il prit machinalement son portefeuille et l'ouvrit, comme il faisait parfois par désœuvrement ou pour changer le cours de ses idées. Il examina des papiers.

— Voici le passage et le billet de chemin de fer du prote que nous avons en vain attendu à la gare d'Orsay. J'aurais voulu lui faire les honneurs de l'océan, il n'a pas su quitter Paris!

Bigua se voyait arrivant chez sa mère à Las Delicias, avec ses enfants adoptifs.

— Mon père spirituel, diraient-ils de lui, comme on le leur avait enseigné.

Se retrouver! Au bout de trois semaines, retrouver sa mère, sa vraie mère, de vrais frères et sœurs au sortir du voyage! A Paris, il n'avait que la mère, les frères, les sœurs de son imagination, tous sans corps, sans haleine, et tapis derrière l'Océan. La maison coloniale l'attendait là-bas avec ses vieilles habitudes sous le ciel si bleu, sans une fêlure. Ah! entendre à Las Delicias, comme dix ans auparavant, passer trois fois par semaine devant sa chambre les poulets vivants que le marchand serrait trop fort sous son bras, en les emportant à la cuisine!

Bigua se réjouissait de se trouver un moment seul dans sa cabine. Sur le pont, il semble que, de tous côtés, on vous épie. Si vous vous arrêtez un instant pour lever les yeux, vous voyez qu'à trente mètres de vous une émigrante, tenant un enfant dans ses bras, vous regarde d'un air de reproche, de l'entre-pont, entre les barreaux de la lisse. Ou bien c'est un marin qui essuie les sabords du salon avec le faubert et, rencontrant votre regard, il reprend aussitôt son travail d'un air attentif.

Un bateau passait dans le cercle du hublot et Bigua monta sur le pont supérieur pour mieux le voir. Longuement il l'examina et, avant de rentrer la jumelle dans l'étui, il la dirigea nonchalamment vers un mât où grimpait un marin avec une étonnante agilité. Comme un dieu regagnant le ciel. Voici la tête du matelot prise vivante dans le fond de la jumelle. L'homme se retourne et le colonel remarque qu'il ressemble à Joseph, mais il chasse cette impertinence de son imagination et regarde à nouveau le bateau s'éloigner, souvenir envahi peu à peu par l'oubli.

Cependant Marcelle rôdait dans les blancs couloirs, largement éclairés, des premières, et qui ne connaissent jamais la nuit ni le jour. Devant ces cabines aux portes fermées et pareilles, elle pensait à toutes les différences, à toutes les possibilités qui se cachent derrière.

Au sortir de Lisbonne, comme il commençait à faire chaud et qu'elle se déshabillait derrière son rideau avec la porte entr'ouverte retenue par un simple crochet, elle vit soudain entrer Joseph, comme un embrun. C'était lui. C'était bien lui dans un costume de marin. C'était sa merveilleuse brusquerie. Ils ne dirent mot mais longuement se saisirent dans un silence de fer, superposé à tous les bruits du bord.

Puis, à mesure qu'elle reprenait conscience, elle songeait : Ah! chic type, mon disparu, mon entier, mon matelot, mon enfin revenu.

— Je ne t'ai pas écrit parce que j'étais sûr de te revoir.

— Tu sens le cordage et le goudron et le grand air!

Joseph pensait à la façon dont il était entré à Paris dans la chambre de Marcelle, en bousculant la table de nuit. Que de fois n'avait-il pas

songé que ce serait la première chose qu'il trouverait au fond de la mer s'il se noyait, un jour!
Cette table et tout ce bruit de dégringolade! Mais
il n'y a pas de bruit au fond de la mer! Qu'importe, qu'importe la sotte réalité!

Il avait changé. On voyait une sorte de tendre
sérénité dans son regard.

Ils ne parlèrent pas de Bigua ni des enfants
mais seulement, entre deux confidences, du ton-
nage du navire, de son tirant d'eau, de la vitesse
et de la consommation de charbon. Et du travail
de Joseph, matelot de pont.

— Si tu savais comme mes camarades ont été
bons pour moi. Je voulais vendre ma montre.
Ils m'en ont empêché et m'ont prêté cent francs
de force. Je leur ai parlé de toi. Ils le méritaient
bien.

Desposoria apprit par Rose la présence de
Joseph à bord. Sans savoir pourquoi elle en fut
heureuse. Puis après avoir prié elle trouva que
c'était un véritable malheur et qu'il fallait à tout
prix cacher la nouvelle à son mari.

— Mlle Marcelle le sait?

— Si elle le sait!

— Ah! mon Dieu!

Les deux femmes se turent, abandonnant au
silence le soin de faire pour le mieux.

Le lendemain matin, Bigua qui dormait très
mal à bord, regardait, à son hublot, le soleil

se lever sur la mer. Pour mieux voir, il s'était agenouillé sur sa couchette.

Il était quatre heures. Joseph, pieds nus, vêtu d'un bleu, lançait des seaux d'eau sur le pont à trois mètres de lui.

— C'est Joseph qui gagne sa vie, se dit Bigua comme dans un rêve.

Puis, brusquement et en pleine réalité, cachant son visage derrière le rideau, il pensa :

— Mais c'est lui! c'est lui!

Et au bout d'un instant :

— Que vais-je devenir?

La pensée de tout à l'heure, celle de l'état second, reprit en Bigua avec douceur :

— C'est Joseph qui s'est engagé à bord d'un bateau de la Sud-Atlantique. Savait-il que nous nous embarquions? Laissons cela, c'est son affaire. Le voilà dans la marine marchande. Il mange dans une gamelle et couche dans un hamac. Et cependant, tout autour de nous, c'est l'Océan qui ne s'arrêtera qu'à Rio de Janeiro.

Dans l'ombre de sa cabine, Marcelle regardait aussi. Joseph venait de la quitter et il était là tout près d'elle, plus pâle que jamais, à laver le pont. Elle l'épiait, l'examinait longuement sans être vue.

L'aurore se levait, l'aurore instable d'un navire en marche, née légèrement sur le dos d'une vague sans nom.

Tous les matins, de sa cabine, Bigua regardait

passer le visage maigre de Joseph et il voyait ses pieds nus, ses mains. Il songeait que ce grand garçon avait vécu plusieurs années sous son toit. Joseph continuait de lancer de l'eau sur le pont. Et les aurores se suivaient à la surface du globe.

— Ce visage passant et repassant devant mon hublot, ce front, ce nez, ces lèvres, ces yeux, cette peau pâle finiront par avoir raison.

Un soir, vers dix heures, comme on avait déjà traversé l'équateur, le colonel vit une ombre de marin, celle de Joseph, pénétrer dans la cabine de Marcelle.

— Ah! mon Dieu! Cela va donc recommencer.

Puis :

— Et si un officier surgit à la recherche de Joseph? Ils ont raison de ne pas se gêner. Les autres ont toujours raison. A moi les reproches dont je suis affamé. Je resterai là pour que personne ne les dérange. *Oui, pour que personne ne les dérange!* Qu'on s'amuse autour de moi, qu'on s'amuse dans ce bateau où tout est poli, propre et astiqué.

Des estancieros, vendeurs de cuir et de laine, allaient de long en large dans le couloir où donnait la cabine de Marcelle. Parfois, l'un d'eux s'arrêtait pour marquer toute l'importance d'un geste, d'une inflexion de voix.

Bigua songeait :

— Par le grillage au-dessus de la porte, Marcelle et Joseph entendent certainement ces gens aussi bien que moi. Cette conversation nous rapproche tous les trois, étrangement.

C'étaient de grosses voix, fortes, malgré le vent et la présence de la mer, mangeuse de bruits.

— Je ne voudrais pas mourir avant d'avoir vu le cuir de bœuf à trois piastres, disait l'une d'elles. Et je le verrai! Songez donc que je l'ai connu à soixante centimes. Et si je vous disais que je trouve ça pathétique!

— C'est le mot.

Les deux hommes avaient les yeux hors de la tête. Les larmes n'étaient pas loin. Ils continuaient de passer et de repasser devant la cabine de Marcelle. Enfin Bigua les vit qui se dirigeaient vers le fumoir.

Quelques instants après Marcelle parut, seule, tout près du colonel, et s'éloigna. Ne se sachant pas regardée, elle ne fit rien pour refouler l'assaut de volupté qui bouleversait encore son visage. Bigua qui sonda toute cette joie en fut consterné tout le long de ses difficiles vertèbres. Comme si, jusqu'à ce moment précis et sans se l'avouer, il espérait encore et se réservait Marcelle pour un bonheur futur.

D'un air distrait, la fille du prote revint et s'accouda au bastingage, près du colonel, mais ne sachant vraiment que dire à ce profil fait de torture et de glaçons, elle s'éloigna de nouveau.

Le colonel s'enferma à double tour dans sa cabine, et, un bon moment, il écrivit.

Joseph tenait absolument à montrer son amie à ses camarades, et il fut convenu qu'ils se retrouveraient tous dans la soute aux bagages, loin du regard des officiers, le lendemain à onze heures du soir.

On accédait à la soute par un escalier de fer qu'il fallait descendre à reculons. Quand Joseph et Marcelle s'y engagèrent, les marins étaient déjà assis autour d'une grande table improvisée. Marcelle leur tendit la joue avec grâce et sans aucune coquetterie. Cette idée lui était venue au moment où Joseph avait fait les présentations : mes copains... ma femme. Alors ce fut un hourra chaleureux mais très sourd dans la demi-lumière, comme un hourra du subconscient.

Que Marcelle était heureuse de voir ces jeunes visages, ces corps athlétiques! Elle les regardait tour à tour avec un souriant naturel. Il y avait en l'air, avec beaucoup de douceur, une gravité qui venait de l'ambiance, de la gêne de ces hommes qu'on cherchait peut-être en ce moment même là-haut, du risque qu'ils couraient, et de la constante présence de la mer.

On servit une soupe à l'oignon et au fromage, merveilleuse soupe comme on n'en mange qu'à bord.

Malgré l'assurance des visages, chacun savait que, d'un moment à l'autre, pouvait entrer un officier et qu'on éteindrait la lumière pour faciliter la fuite de tous.

Parfois une caisse craquait dans le noir. On ne respirait pas très bien au sein de ce bonheur claquemuré. Et pourtant quel rayonnement chez ces hommes de grand air!

Bigua qui, de loin, avait suivi Marcelle, savait qu'elle se trouvait dans la soute avec Joseph et plusieurs marins. Au moment où elle y pénétrait, le colonel pensa que son regard avait rencontré celui de la jeune fille. Mais Marcelle ne l'avait pas vu.

Caché par l'ombre d'un étroit couloir, Bigua attendait, il ne savait quoi, à quelques pas de la porte. Ayant vu passer des plats dissimulés sous des serviettes et quelques bouteilles, il en avait déduit que c'était là sans doute le souper de fiançailles de Marcelle et de Joseph.

Soudain, il fut pris d'un véhément désir de se trouver dans cette soute, de dire qu'on pouvait le considérer comme le parrain de cette union. Il fit quelques pas vers la porte, frappa deux fois, tenta en vain de l'ouvrir et par la rainure, cria, d'une voix de plus en plus tremblante : « Marcelle! Marcelle! Marcelle! »

Mais le bruit des machines empêcha d'entendre la voix et les coups.

Froissé profondément de ne pas recevoir de réponse, le colonel se dirigea vers le coin le plus obscur du navire, sur le pont supérieur, derrière un canot de sauvetage, et là, à l'abri de tout regard, s'assit à la dure.

Plus rien ne le séparait de l'eau, ni barre de fer ni désir de vivre encore.

— Debout et le corps droit pour plonger dans la mer!

Mais que signifiaient ces mouvements que Bigua faisait malgré lui dans l'eau des tropiques? Ces bras et ces jambes qui se mettaient à nager dans ces vêtements lourds de condamné à mort, alors que passait tout près, comme une énorme masse de désespoir, la coque boulonnée du navire?

Et quelle était au bras droit cette gêne qui l'empêchait d'avancer? Dans la poche intérieure du veston, son gros portefeuille, bourré de papiers. L'imbécile! il ensevelissait avec lui son testament, écrit la veille, et les clauses en faveur de ses enfants.

Il lança le portefeuille dans la direction du navire déjà hors de portée, et le suivit d'une nage dérisoire, à une distance qui grandissait avec brusquerie.

Qu'il en est loin, *maintenant!*

Paris, Océan Atlantique, Uruguay (1924-1926).

DU MÊME AUTEUR

Aux Éditions Gallimard

L'HOMME DE LA PAMPA, *roman.*

GRAVITATIONS, *poésie.*

LE VOLEUR D'ENFANTS, *roman* (Folio n° 357).

LE SURVIVANT, *roman.*

LE FORÇAT INNOCENT, *poésie.*

L'ENFANT DE LA HAUTE MER, *nouvelles* (Folio n° 252).

LA BELLE AU BOIS, *théâtre.*

LES AMIS INCONNUS, *poésie.*

BOLIVAR *suivi de* LA PREMIÈRE FAMILLE, *théâtre.*

L'ARCHE DE NOÉ, *nouvelles.*

LA FABLE DU MONDE, *poésie.*

1939-1945, POÈMES.

CHOIX DE POÈMES.

ROBINSON, *théâtre.*

SHÉHÉRAZADE, *théâtre.*

LE VOLEUR D'ENFANTS, *théâtre.*

OUBLIEUSE MÉMOIRE, *poésie.*

PREMIERS PAS DE L'UNIVERS, *nouvelles.*

NAISSANCES *suivi d'*EN SONGEANT À UN ART POÉ-
TIQUE, *poésie et essai.*

BOIRE À LA SOURCE, *mémoires.*

LA BELLE AU BOIS *suivi de* ROBINSON OU L'AMOUR
VIENT DE LOIN, *théâtre.*

LE JEUNE HOMME DU DIMANCHE ET DES
AUTRES JOURS, *roman.*

Impression Société Nouvelle Firmin-Didot
à Mesnil-sur-l'Estrée, le 2 mai 2002.
Dépôt légal : mai 2002.
1ᵉʳ dépôt légal dans la collection : septembre 1973.
Numéro d'imprimeur : 59494.
ISBN 2-07-036357-0/Imprimé en France.

13609